後宮の錬金術妃

悪の華は黄金の恋を夢見る

岐川　新

22813

角川ビーンズ文庫

目次

後宮の錬金術妃
悪の華は黄金の恋を夢見る
人物紹介
柳《りゅう》 白《びゃく》蓮《れん》（貴《き》妃《ひ》）
悪名高い柳家の長女。
錬金術を学んでいる。
李《り》 珀《はく》狼《ろう》
凌国《りょうこく》の新皇帝。
冷徹で畏れられている。

後宮の夫人

蓬《ほう》梨《り》雪《せつ》（淑《しゅく》妃《ひ》）

後宮の夫人の一人。

桂《けい》珠《しゅ》翠《すい》（徳《とく》妃《ひ》）

後宮の夫人の一人。

姜《きょう》英《えい》華《か》（賢《けん》妃《ひ》）

後宮の夫人の一人。

桑《そう》夕《ゆう》麗《れい》（充媛《じゅうえん》）

後宮の嬪の一人。

柳《りゅう》木《もく》蘭《らん》

白蓮の異母妹。
白蓮付の侍女として
後宮に入る。

呂《りょ》清《しょう》（卜部《うらべの》清《きよ》麻《ま》呂《ろ》）

海を隔てた
島国からの留学生。
翰林学士《かんりんがくし》。

朱《しゅ》禅《ぜん》

内侍省の内常侍。宦官。
白蓮の父から白蓮の監視を
命じられる。

本文イラスト／尾羊　英

序章　灯る夜

「わぁ……」

はじめて歩く夜は、きらきらと輝《かがや》いていた。

満月の下、街には数えきれないほどの灯籠《とうろう》が揺《ゆ》らめいていた。

いつもは暗く静まりかえっている通りは、まるで昼間かと見紛《みまが》うほど煌々《こうこう》と照らしだされ、風になびく五色の布に彩《いろど》られている。

圧巻は、見上げるほどの高さに吊《つ》りさげられた無数の灯籠——灯樹だ。伸《の》ばした枝に花をつけた樹木のように灯籠が飾《かざ》られ、さながら満開の光の花だ。

その灯《あか》りのもとで楽隊が華《はな》やかな音色を奏《かな》で、様々な踊《おど》りや曲芸などの見世物が披露《ひろう》されている。

老いも若きも通りをそぞろ歩き、灯籠を眺《なが》め、見世物に足を止め、年に一度の夜を楽しむ。

白蓮《びゃくれん》もまた御多分《ごたぶん》に漏《も》れず、煌《きら》めく夜に目を奪《うば》われていた。

今宵《こよい》は正月の十五日——上元節《じょうげんせつ》。

年に一度の夜行の解禁日だ。

ここ凌国《りょう》の都・成陽《せいよう》は、広大な街が街道《かいどう》によって整然と区切られ、坊《ぼう》と呼ばれる居住区が百余りある。坊ごとに壁《かべ》で囲まれ、出入り口である坊門は日暮れとともに太鼓《たいこ》の音が鳴り響《ひび》き、翌朝まで閉《と》ざされてしまう。

以降、出歩くことは禁止され、破れば『犯夜《はんや》』として厳しく罰《ばっ》せられる。

だが、年に三日間だけ出歩くことが許される夜がある。

それが上元節、すなわち今日から三日間なのだ。

この日ばかりは門を警備する兵の任が解かれ、人々は灯籠で飾られた夜へとこぞって繰《く》りだす。時には、皇帝《こうてい》や宮女たちもお忍《しの》びで見物にでるとかでないとか。

なにはともあれ、成陽の住人たちは年に一度の息抜《いきぬ》きの機会を一晩中楽しむのである。

白蓮はそんな人波にまぎれ、はじめて見る景色に心を躍《おど》らせていた。

両親は夜の訪《おとず》れとともに各々《おのおの》供を連れ、都大路へとそれぞれの楽しみを求めてでかけていった。双方《そうほう》が娘《むすめ》のことなど顧《かえり》みないあたり、家族の仲がうかがい知れるというものだ。

ならば自分も好きにしてなにが悪い。

白蓮は両親が出払《ではら》い、家の中が手薄《てうす》になったのを見計らって邸《やしき》を抜けだすことにした。

さすがに、普段《ふだん》の格好で小娘が供もつけずに出歩けばどうなるかくらいはわかる。おまけに、両親ご自慢《じまん》のこの顔だ。なにも起こらない可能性の方が低い。

というわけで、街の人々が男女の別なく着る、小口の袴《こ》に長袍《ちょうほう》をあわせた胡服《こふく》へと装《よそお》いを替《か》え、念のため紗《うすぎぬ》を被《かぶ》る。

こうして準備万端《ばんたん》整え、白蓮は夜の都へと足を踏《ふ》みだした。

「大体、十五にもなって子どもだからって留守番させられる意味がわからないんだけど」

世間では結婚《けっこん》していてもおかしくない年齢《ねんれい》なのだ。だったら、邪魔《じゃま》だから、とはっきり言われた方がすっきりする。

とはいえ、年ごろだからこそ、身分にかかわらず危ないのは言うまでもない。

深窓の令嬢《れいじょう》と言われる身分ではあるが、好奇心《こうきしん》は人一倍、昼間なら供を連れて出歩くこともある。

また、書物を、人の口を介《かい》して、外の世界がどんなものか多少なりともわかっているつもりだ。なにしろ、噂《うわさ》好きでおしゃべりな使用人というのはどこにでもいるもので、すまさずとも自然と耳にはいってくる。

白蓮ははじめて見る幻想的《げんそうてき》な景色に心が浮《う》きたつのを感じつつ、気をひき締《し》めて慎重《しんちょう》に周囲へ目を配った。

暗がりを避《さ》けて人通りの多いところを選び、そぞろ歩く集団にまぎれて、あたかも供の一人です、という風情《ふぜい》で歩く。

「待ってよ、兄さん！」

横を子どもたちが歓声《かんせい》をあげてすり抜けていく。兄妹《きょうだい》だろうか、はしゃぐ男の子に手をひかれ、女の子が懸命《けんめい》に足を動かしてあとを追う。

かわいいなぁ、と微笑《ほほえ》ましい光景に白蓮は頰《ほお》を緩《ゆる》めた。

自分にも兄がいるが、あんな風に手をひかれたことなど一度もない。そもそも跡取《あとと》りとして自尊心が高く、まわりを下に見ているような人物で、世話係より遠い存在だ。

妹も、いるにはいるが……。

「——きゃぁっ」

その時、喧噪《けんそう》を縫《ぬ》って耳に届いた悲鳴に、白蓮は声の方を振《ふ》り返った。

一人の少女が二人組の男たちにからまれているのが見える。連れもいないのか、華奢《きゃしゃ》な腕《うで》を男の一人に摑《つか》まれ、路地の暗がりへとひきずられていく。

周囲へ助けを求めるように顔をあげた少女に、白蓮は大きく目を見開いた。

「！　あの子…っ」

あんなところでなにを、と考えるより先に駆《か》けだしていた。

「すみません、とおしてください！」

被っていた紗を剝《は》ぎとり、人波をかきわけるようにして少女の方へむかう。

見物人たちの中にも騒《さわ》ぎに気づいて足を止める者があるが、巻きこまれるのを怖《おそ》れてか、遠巻きに見ているだけだ。

白蓮は少女の腕を摑む男の死角から近づくと、バッと手にしていた紗を男たちへ叩《たた》きつけるようにして被せた。

「ぅおっ」

「なんだ、こりゃ！」

突然《とつぜん》視界を遮《さえぎ》られた男たちが、頭から遮蔽《しゃへい》物をとろうともがく。

男の手が少女から離《はな》れた隙《すき》を突《つ》いて、白蓮は彼女の手首をとった。

「走って！」

「あ……」

少女は突如《とつじょ》現われた新手に一瞬《いっしゅん》身を硬《かた》くしたが、こちらの顔を見てあからさまにほっとした表情を浮かべた。

その顔に、白蓮はことの次第《しだい》を悟《さと》った。

少女の手をひいて走りながら歯嚙《はが》みする。

——この子、わたしのあとをついてきたんだ…っ
自分を見て驚《おどろ》かないことがすべてを物語っている。

大方、抜けだすところを偶然目撃《ぐうぜんもくげき》したのだろう。あとをつけて邸をでてきたものの、途中《とちゅう》で

見失って捜《さが》しているうちに、あの男たちに目をつけられた、というところか。

——そんな身形《みなり》でふらふらしてたら、そりゃ目もつけられるわよ！

灯籠の光を受けて艶《つや》やかにきらめく金茶色の髪《かみ》に、黒とも褐色《かっしょく》とも違《ちが》う、どこか謎《なぞ》めいた榛色《はしばみいろ》の瞳《ひとみ》。すっとした高い鼻梁《びりょう》に、薄紅色《うすべにいろ》の小さな唇《くちびる》。

そんな異国の風情の、まだ幼さを宿した愛らしい少女が、いかにも着古した服でうろうろしていたら、自分とは違う意味で悪漢たちの目をひく。厄介《やっかい》な後ろ盾《だて》もなさそうな上玉が、無防備に目の前に転がっているのだ。格好の獲物《えもの》とばかりに飛びつくだろう。

「——あの、お姉さまっ」

箱入りとは逆の方向性で、世間知らずすぎるのだ、この異母妹《いもうと》は！

なにか言いたげな妹に、口を開く暇《ひま》があったら走れ、とばかりに、白蓮はひく手に力をこめた。

「待て、このやろう！」「逃《に》がすかっ」とうしろから追ってくる声が、だんだんと近づいてくる。追いつかれるのも時間の問題だろう。

これだけ走っただけでもう息があがっている。おまけにこの人混《ひとご》みでは思うように進めない。

それでも、どこかに警備の衛士《えじ》がいるはず、と息苦しさの中、必死に左右に目を走らせていた白蓮だったが、

「キャッ」

悲鳴が聞こえ、がくんっ、と身体《からだ》が仰《の》け反る。

たたらを踏んでなんとか持ちこたえながら振り返ると、地面に倒《たお》れる妹の姿があった。

「！　木蘭《もくらん》…っ」

「ハッ、ようやく捕《つか》まえたぜ」

手間かけさせやがって、と荒々《あらあら》しく吐《は》き捨てた男が、がっちりと妹の腕を摑んでいる。この男に捕まって地面にひき倒されたのだ。

「よくも手間かけさせてくれたなぁ」

摑んだ腕をひき、力尽《ちからず》くで立ちあがらせようとする男に、木蘭の顔が恐怖《きょうふ》と痛みに歪《ゆが》む。

その表情を見て、かっと頭に血がのぼった。

「その子を、放しなさい！」

気づけば、妹の腕を摑む男へと肩《かた》から体当たりしていた。

思いもよらぬ白蓮からの攻撃《こうげき》に意表を衝《つ》かれた男が、うしろへとよろける。拍子《ひょうし》に男の手が離れ、木蘭が再び地面へと倒れこむ。

逃げるのはもう無理だと、白蓮は妹と男の間に身体を割りこませた。背中に木蘭をかばい、男たちへ対峙《たいじ》する。

「てめぇ、さっきといい邪魔ばっかりしやがって！」

「ガキが、なめた真似《まね》してくれるぜ」

再び横やりをいれられた男たちがいきりたつ。獲物に手をだされてよほど頭に血がのぼっているのだろう、紗をとった白蓮の顔を見ても目の色のひとつも変わらない。

「とっととそこを退《ど》きやがれッ」

「！　おねっ——」

代わりに、大きく腕を振りかぶる。

あがりかけた悲鳴めいた叫《さけ》び声を遮るように、白蓮は身をよじり妹の頭を抱《かか》えこんだ。こんなところで余計なことを口走られてはたまらない。

そのまま襲《おそ》ってくるだろう衝撃《しょうげき》に耐《た》えるために、ぎゅっと目を瞑《つぶ》る。

ザッ、と空気の動く気配がする——が、いっこうになにも起こらない。

「……？」

一体どうなったのかと、そろりと目を開けて背後をうかがう。と——

「——まったく、騒がしい夜だ」

呆《あき》れたような、うんざりしたような、静かな深い声がおちてくる。

「え？」

首を捻《ひね》って上を見返った白蓮の目に映ったのは、黒い影《かげ》とぎょっとしたように身をひいた男の姿だった。

よく見ると、影だと思ったそれは男性らしき後ろ姿だった。逆光に浮《う》かびあがった人影は、細身でありながらもたくましさを感じさせる。

手をあげた男の姿が見えないことから、どうやらこの人が助けに割ってはいってくれたらしいと気づく。

「退《ひ》け」

だが、助かったことにほっとするよりも、白蓮は肩越《かたご》しに垣間見《かいまみ》える横顔の、男たちを鋭《するど》く睥睨《へいげい》する『眼《め》』に目を奪《うば》われていた。

「このまま牢《ろう》にぶちこまれたいなら話は別だが」

「！　あんた、軍の…っ」

その言葉に男たちは目の前の人影が何者なのか気づいたらしい。

忌々《いまいま》しげに舌打ちした男は、「いくぞ」ともう一人に顎《あご》をしゃくり、さっさと身を翻《ひるがえ》した。

「おい、待てよ！」

人影に腕を摑まれていたらしい片割れは、慌《あわ》てて手を振り払《はら》うと逃げだした男のあとを追う。

「……」

そんな男たちを無言で見据《みす》える『眼』は凜然《りんぜん》として揺《ゆ》るぎなく火明かりにきらめき、白蓮の心へ鮮烈《せんれつ》に焼きついた。

強い『眼』だ。

静かでいて油断なく、まるで野に生きる獣《けもの》のような――。

「珀狼殿下《はくろうでんか》！」

と、背後からかかった声に、彼がひとつ瞬《またた》いた。

白蓮もまたはっと我《われ》に返る。

――いけない、ぼーっとしてる場合じゃなかった。

おそらく彼の部下だろう兵たちがくる前に、この場を立ち去らなくては。あれこれ詮索《せんさく》されて家のことがばれるのはまずい。なにしろ、お忍《しの》びでできているのだ。

「――いくわよ」

白蓮は状況《じょうきょう》をいまいち呑《の》みこめていない妹の腕《うで》をひき、立ちあがるよう促《うなが》す。

「お助けいただき、ありがとうございました」

顔を伏《ふ》せ、人影にむかって口早に礼を告げると、聞こえてきた足音とは反対方向へ歩きだす。

「あっ、」

ひっぱられるままよろけるように足を動かした木蘭が、人影に気づいたように足を止める。

それを無視して歩を進めれば、

「あのっ、ありがとうございました！」

首を捻ってうしろへむかって礼を投げる姿が、視界の端《はし》に映った。

足早に喧噪《けんそう》にまぎれこみながら、白蓮もまた背後を一瞥《いちべつ》する。

「——ハクロウ殿下」

部下が追いついたのか、ちょうどこちらに背をむけた後ろ姿に、さきほど聞こえた名を刻みこむように呟《つぶや》く。

そうして、すぐさま視線をはずした白蓮は、名残惜《なごりお》しげな妹を連れてその場をあとにした。

第二章　宮庭に舞《ま》う

凌国《りょう》の都・成陽《せいよう》の宮城にほど近い柳家《りゅうけ》の邸《やしき》、その一角、草花の生《お》い茂《しげ》る中庭に彼女の姿はあった。

「根付くか不安だったけど、順調に育ってる。実験に使える分は確保できそう」

満足そうに頷《うなず》き、白蓮《びゃくれん》は屈《かが》みこんでいた体勢から膝《ひざ》を伸《の》ばした。

「あとは――」

裙《くん》の裾《すそ》を払いながら呟きかけ、ふと口を噤《つぐ》む。中庭を囲む塀《へい》の方へと目をむけた。

「――は夫人と白蓮さまの供で観《み》にいったのよね。どうだった？」

と、塀のむこうから聞こえてきた自分の名に、つい耳をすます。

「そうなの！　さすが評判なだけあってよかったわよ」

「いいなぁ、役得じゃない」

私もいきたかった、と悔《くや》しさを滲《にじ》ませる声は、侍女《じじょ》のものだ。話題はどうやら、今かかっている大衆劇についてらしい。

民衆向けの娯楽《ごらく》としてかけられている多くの劇は、民間伝承や歴史物語を題材にしたものだ。

その中で珍《めずら》しく男女の情愛を扱《あつか》った劇が、近ごろ都では評判になっていた。それは庶民《しょみん》のみならず貴族の耳にも届き、聞いた者が試《ため》しに足を運び——と評判が評判を呼び、連日活況《かっきょう》を呈《てい》していた。

噂《うわさ》は流行《はや》りに敏感《びんかん》な母の耳にもはいり、下々の者の娯楽なんて……と眉《まゆ》を顰《ひそ》めつつ、白蓮を連れて観劇へでむいたのである。

結果、「まあ、悪くはなかったわね」と劇場をあとにするにいたったのだから、評判は本物だったというわけだ。

「お母さまを唆《そそのか》した甲斐《かい》があったというものよね」

そう、劇の評判について母の耳にいれたのは、だれあろう白蓮だった。

『最近、都で評判の作品があるとか。蓬《ほう》夫人がわざわざ足を運ばれたと風の便りに耳にしましたが……』と対抗心《たいこうしん》を持つ人物の名をあげて匂《にお》わせれば、思ったとおり食いついてきた。かくして、白蓮はまんまと目的をはたしたのである。

自分は『知的探究心』なるものが旺盛《おうせい》なのだそうだ。

書物なら物語から歴史書までなんでも読むし、興味をひかれたことはすぐに調べ、実際にできることならやってみる。

評判を聞きつければ、ぜひ観てみたいと思うのは当然だろう。それがまれな恋物語《こいものがたり》だというならなおさらだ。

「一度は想《おも》いが通じあった二人が、身分の違《ちが》いからひき離《はな》されてっていう、運命に翻弄《ほんろう》されるさまが切なくて」

「えぇっ、それでどうなっちゃうの？」

話に夢中になっているらしい侍女たちは、塀のむこうから立ち去る気配がない。

「もちろん、二人は結ばれるのよね？」

「それはね。でも、最後までハラハラさせられたわ」

うっとりと夢見るように語る同僚《どうりょう》に、私も見たかった！　と、しきりにうらやましがる声が聞こえる。

不遇《ふぐう》な身の上の女性が見初《みそ》められ、困難をのり越《こ》えて幸せを摑《つか》む、という物語が世の女性たちに憧《あこが》れを抱《いだ》かせるのだろう。事実、観客の大半は女性だった。自らの境遇を重ねあわせ、いつかは自分も……と思うのかもしれない。

その気持ちは、わかる。

自分にも恋に憧れる気持ちがないわけではない。が――

「……」

白蓮は浮かんだものを振《ふ》り払うように頭《かぶり》を振ると、息をついた。

いつまでも彼女たちにつきあってここにいるわけにはいかない。そろそろ房《へや》へ戻《もど》らなくては。

遠回りになるが反対側へ回ればでくわすこともないだろう。

白蓮は中庭を抜《ぬ》けると、じっとりと埃臭《ほこりくさ》く、それでいてどこかおちつく空気の室内へと足を踏《ふ》みいれた。「戻ります」と一声かけると返事を待つでもなく、慣れた足取りで棚《たな》と棚の間をすり抜け、廊《ろう》へと通じる戸に手を伸ばした。

と、触《ふ》れる前に開いた戸に、はっと身をひく。

「あっ」

むこうも人がいると思っていなかったのか、大きく見開かれた榛色《はしばみいろ》のまなざしと目があった。

「お姉さま」

「……木蘭《もくらん》」

思いがけず鉢合《はちあ》わせしたのは、異母妹《いぼまい》である木蘭だった。

「──なにをしているの」

束《つか》の間見あったあと、白蓮は冷ややかに双眸《そうぼう》を細めた。

「ここは書室よ。あなたには用のない場所でしょう」

「あの、ごめんなさい……」

うつむきがちに戸の陰《かげ》へ退《ひ》いた木蘭に、それ以上一瞥もくれることなく脇《わき》をとおり抜ける。

やりとりが耳に届いたのか、さきほどまでの侍女たちの声は聞こえなくなっていた。

こちらの存在が知れたのならわざわざ遠回りする必要もないだろう、と白蓮はそちらへと足をむけた。案の定、塀際《へいぎわ》に侍女が二人、身を竦《すく》めるようにして控《ひか》えている。

見て見ぬふりで、彼女たちの前をとおりすぎる。そうして、角を曲がり人目が消えたところで、無意識につめていた息を吐《は》きだそうとして、

「……あー、怖《こわ》かった」

「ほんと、気づかずにさっきの聞かれてたらどうなってたか」

「木蘭さまには感謝しないと。おかげで私たちは助かったわ」

「ね。でも、あいかわらず白蓮さまはあの人が嫌《きら》いよね」

「そりゃあ、父親が外で作ってきた胡人《こひと》の娘《むすめ》だもの。いくら血の繋《つな》がった妹とはいえ、気位の高いあのご兄妹《きょうだい》には受けいれられないでしょうよ」

「そもそも夫人が毛嫌いしてるものね」

ひそひそと聞こえてきた囁《ささや》きに、ぐっと喉《のど》の奥へと押し戻す。

彼女たちは自分がすでに立ち去ったと思っているのだろう。うっかりというのか、浅慮《せんりょ》というのか……

「……あれはあれで色々と知れて助かるけどね」

口の中で呟き、白蓮はこれといって咎《とが》めるでもなく、今度は特に気配を殺すこともせずその場をあとにした。

軽率《けいそつ》に家人の噂話に興じるのは褒《ほ》められたことではないが、内容自体は咎めだてするほどの

ものでもない。というより、あれがこの邸の人間たちの共通の認識《にんしき》だろう。

むしろ、そうでなくてはならないのだ。

房へ戻り、室内に控えていた侍女にさがるよう指示をだす。

遠ざかっていく衣擦《きぬず》れの音をたしかめ、白蓮はとんっと扉《とびら》に背を預けた。

腹の底にわだかまっていた溜息《ためいき》を、ここぞとばかりに吐きだす。

「あー、もうっ、あんなところで顔をあわせると思ってなかったから、必要以上にきつい言動になっちゃったじゃない」

そのままずるずると座りこみそうになったところで、ふと視界の端《はし》に映った鏡に目を留めた。

——正確には、そこに映った自分の姿に。

切れ長の一重《ひとえ》の双眸に薄《うす》い唇《くちびる》、すっきりした輪郭《りんかく》の細面《ほそおもて》に、毎日侍女によって手入れされている長い髪《かみ》は艶《つや》やかで、シミひとつない真っ白な肌《はだ》をひきたてている。

両親自慢《じまん》の、だれの目から見ても美しいと称《しょう》される端麗《たんれい》な容姿だ。

ただし、『冷たい』『なにを考えているのかわからない』という言葉がつく類《たぐい》の。

「……」

ふいっと自分の顔から視線をそらし、今度は細く息をついた。

白蓮には、知識を得ることのほかに、もうひとつ好きなものがある。

かわいいものだ。

牡丹《ぼたん》などの華《はな》やかな花よりも、梅や桃《もも》の花の方が好きだし、赤や黄のように鮮《あざ》やかな色味よりも淡《あわ》い色の方が惹《ひ》かれる。

コロコロとした仔犬《こいぬ》や仔猫《こねこ》を見ると触《さわ》りたくてそわそわするし、冬の寒さにふっくらまんまるになった雀《すずめ》などはいつまで見ていても飽《あ》きない。

だが、そういった嗜好《しこう》は、自分の『綺麗《きれい》』と言われる容姿にはあわないものらしい。

物心ついたころから、どれがいいかと問われて答えた衣裳《いしょう》や装飾品《そうしょく》がこの身を飾《かざ》ったことはない。身の回りにある調度品も白蓮の目から見たら華美《かび》なものばかりだ。もっともこればかりは、皇帝《こうてい》に仕える貴族の中でも上位に位置する『家格』というものも関係しているのだろうが。

これじゃない、と告げても、「似合わない」「みっともない」と眉を顰めて首を横に振られるばかりで、叶《かな》ったことがない。

それなりに賢《かしこ》かった白蓮は、早々に『かわいい』を表にだしてはいけないのだと理解した。

以来、自分の容姿に『見合う』言動を心がけてきた。

それを求められていると、わかってしまったから。

木蘭が父親に連れられこの邸《やしき》にやってきたのは、そんなころだった。

「今日からおまえの妹になる木蘭だ」

機嫌《きげん》よく紹介《しょうかい》された妹という存在に、白蓮は強い衝撃《しょうげき》を受けた。

なにせ、自分とはまったく違っていたのだ。

まず、小さかった。木蘭は二歳年下のため当然なのだが、当時の白蓮は自分より幼い子どもをほとんど見たことがなかった。

なにより、見た目がまわりにいるだれとも違っていた。

彼女の母親は西域からやってきたペルシアの芸人だったらしく、木蘭はまっすぐで固い黒髪とは違う、ふわふわした金茶の髪をしていた。ぱっちりとした大きな二重の目の色も、薄い茶色でありながら黄みがかった不思議な色合いで、今まで見たことがない。

そんな瞳《ひとみ》が、おずおずとこちらを見上げているのだ。

——かわいい！

叫《さけ》びこそしなかったものの、ひと目見て心を摑まれた。

白蓮は見知らぬ場所に連れてこられた上、大人に囲まれて不安そうな木蘭へ駆《か》けよろうとした。が、

「——まったく、忌々しい」

吐き捨てるようにおとされた聞こえるか聞こえないかの呟《つぶや》きに、ぴたりと動きを止めた。うしろから聞こえたそれにそっと振り返れば、扇《おうぎ》で口元を覆《おお》った母親がひどく冷ややかなまなざしで木蘭を見下ろしていた。

瞬間《しゅんかん》、だめだ、と悟《さと》った。

言葉の意味するところは正確にはわからなかったが、いい意味でないのはわかる。なんとい

ってもあの表情は、白蓮の好きなものを「似合わない」と一蹴《いっしゅう》した時と同じだ。

「よくしてやれ」

母親の態度に気づいているのかいないのか、父親は言い置くとさっさと踵《きびす》を返した。

連れてくるだけ連れてきてあとは知ったことではない、と言わんばかりの態度に、思わず眉《まゆ》がよる。

心細げに去っていく父の後ろ姿を目で追う木蘭へ、大丈夫《だいじょうぶ》だと声をかけてやりたいが、母親の不興を買うのは明白だ。それが自分に対するものならまだしも、この小さな妹へむけられる可能性が高い。

今までもそうだった。

かつて白蓮の希望通りかわいらしく着飾《きかざ》らせてくれた侍女《じじょ》は、その後自分のまわりで見かけることがなくなった。子どもだから理解できないと思ったのか、こちらの目をはばかることなく交《か》わされていた他の侍女たちの会話によると、母によって白蓮付をはずされ下働きに回されたらしい。

ただでさえ木蘭が気にいらない様子なのに、下手に自分がかわいがるそぶりを見せればますますこの子を嫌いかねない。

幼いながらに抱《いだ》いた白蓮の懸念《けねん》は正しかった。

「この子どもをわたくしに近づけないで」

母親は心底嫌《いや》そうに言い捨てると、「いくわよ」と強く白蓮の手をひいた。痛いほどの力にひきずられながら、名残惜《なごりお》しげに振《ふ》り返った白蓮の目に映ったのは、この先を暗示させるように一人立ちつくす小さな姿だった。

それが、木蘭との出会いだ。

その後のことは、今思いだしてもひどかった。

邸の主人は「よくしてやれ」と指示したが、基本妻のことにも子どものことにも無関心だった。

長男はまだ跡取《あとと》りということで目をかけていたが、娘である白蓮は見目の良さから「家のためのいい駒《こま》になる」くらいの認識しかなかったし、木蘭も同様だ。凌国の者とは異なる容姿の彼女を手元に置いておけば将来使えるかもしれない、と連れ帰っただけであとは妻に任せきり、という無責任ぶりである。

邸の主人がソレで、内向きのことをとりしきる夫人が、夫が外で作った子を毛嫌いしているのだから、自然と邸内《ていない》での扱《あつか》いも決まってくる。

木蘭の母親が歌と踊《おど》りの名手だったらしく、それだけはやはり役にたつかもしれないと父の命で仕込まれていたが、あとはまるで使用人のような扱いを受けていた。

新しくできた妹のことが気にかかり、人目を忍《しの》んでは度々《たびたび》様子を見にいっていた白蓮は、その姿に愕然《がくぜん》とした。

「……あの子だって、お父さまの娘《むすめ》なのに」

連れてくるだけ連れてきてあとは知らん顔の父に怒《いか》りが湧《わ》き、自分よりも小さな子にこんな扱いを許す母に怖《おそ》れとも嫌悪《けんお》ともつかない気持ちが渦巻《うずま》く。

父に現状を訴《うった》えたら一時的には改善されるかもしれないが、母がああであるかぎりなにも変わらないだろう。むしろ、悪化しかねない。

だからといって、このまま見過ごすことはできなかった。見て見ぬふりをするなら、知らん顔の父親となにも変わらない。

自分になにができるのか。

子どもながらに必死に考えた末、白蓮は両親が大事にしている家に『見合った』在り方——所謂《いわゆる》、体裁《ていさい》を前面に押しだすことにした。

偶然《ぐうぜん》を装《よそお》って木蘭が掃除《そうじ》をさせられているところへむかい、

「この子は使用人だったの？　お父さまは妹だと言っていたと思ったけれど」

供をしていた侍女たちにたずねたのだ。

慌《あわ》てたのは侍女たちだ。まさか白蓮が木蘭のことを気に留めるとは思っていなかったのだろう。

「お、お嬢《じょう》さまは、そのようなこと気にされずともよろしいのですよ。さ、あちらへ」

「妹ということは、あの子も『お嬢さま』ではないの」

誤魔化《ごまか》そうとした侍女に畳《たた》みかければ、ぐっと言葉につまる。

「それにあの薄汚《うすよご》れた格好。柳家の娘が『みっともない』」

さらに『見合わない』ことをするたび、母親や彼女たちから言われた小言を返す。

「そ、それは……」

「あれならわたしの使い古しでも着せておいた方がマシだわ」

あたふたする彼女たちを尻目《しりめ》にさっさと房《へや》へ戻《もど》り、自分の衣裳を持っていき、身形《みなり》を整えさせるよう指示した。

そうやって、満足に食事をさせていないようなら食べさせるように、読み書きなど貴族の娘としての教養を学んでいないようなら教えるように、『柳家の娘として見苦しくない』よう改善させていったのである。

一方で、木蘭自身を気にかけるそぶりは見せないようにした。顔をあわせても無視することはしなかった——できなかった——が、皮肉や小言を聞かせ、間違《まちが》っても好意を抱いていると思わせないようそっけない態度をとる。

なのに、木蘭は自分を見かけると逃《に》げるでもなく、「お姉さま」と笑いかけてくれるのだ。

いい子すぎる。

ただ、それはだれに対しても同じだったようで、もともとの人なつこい明るい性質となにごとにも一生懸命《いっしょうけんめい》とりくむ健気《けなげ》さがあいまって、腫《は》れ物扱いで遠巻きにしていた者たちに徐々《じょじょ》に受けいれられていった。

結果、木蘭は使用人めいた扱いを受けることはなくなった。身形にしても、侍女たちの扱いにしても『柳家の娘』にふさわしいとはとても言えないが、母の目があるかぎりこれ以上は望めない。

だが、いつかはこの境遇《きょうぐう》から解放してやりたい、というのが白蓮の望みだ。

「……それこそ、あの物語みたいに、だれかいい人があの子のことを見初《みそ》めてくれたらいいのに」

はあ、と零《こぼ》れた願いは、一人きりの房にやけに寂《さび》しく響《ひび》いた。

⚖

凌国《りょうこく》は皇帝《こうてい》を頂点とし、その下に三省六部《りくぶ》を軸《じく》とした官僚《かんりょう》制を布《し》く律令《りつりょう》国家だ。

皇帝の御位《みくらい》は世襲《せしゅう》制で、基本的には長子へと引き継《つ》がれていく。

しかし、二年ほど前、世継ぎである太子《たいし》が病没《びょうぼつ》。それに端《たん》を発し、皇子たちによる跡目争いが勃発《ぼっぱつ》した。

ある者は他を亡《な》き者にせんと毒殺を謀《はか》り、ある者は地方で乱を起こす。

なまじ子の数が多く、抜《ぬ》きんでた後ろ盾《だて》を持つ者がいなかったからこその出来事だった。

父親である皇帝が太子を宣言すればことはここまで大きくならなかったはずだが、かわいがっていた嫡男《ちゃくなん》を亡くした皇帝もまた病の床《とこ》に臥《ふ》せってしまった。

そうした混乱の最中、皇帝が崩御《ほうぎょ》された。

国中が喪《も》に服す一方、目下の関心事は新皇帝はどの皇子になるのか、ということだった。


「お姉さま！」

こちらの姿を認めるなり、駆《か》けよってきた木蘭に白蓮はぎょっとした。もちろん顔にはださなかったが、さっと周囲へ視線を走らせる。

自分たちのほかに人影《ひとかげ》がないことに胸をなでおろす。そのあたりは確認《かくにん》した上で声をかけてきたらしい。

それにしてもどうしたのか、と内心首を傾《かし》げる。

自身が好かれていないとわかっている木蘭は、顔をあわせれば笑顔《えがお》をむけてくれるものの、こんな風にあちらから声をかけてくることはない。

「大声をあげるなど、不作法な……はしたないとは思わないの」

「聞かれましたかっ？」

息を切らしてやってきた木蘭に小言を呈《てい》するが、それどころではないとばかりにつめよられる。

さすがに眉《まゆ》を顰《ひそ》めた白蓮に、はっとしたように木蘭が一歩下がった。

「あ、ごめんなさい……」

「──言葉は理解できるように使いなさい」

はあ、とあからさまに息をついて、先を促《うなが》す。

なにかあったことは間違いないし、ぐずぐずしていたらだれかがやってきて話が中断しかねない。それではこちらが気になってしかたない。

「はい、あの、さっきほかの人たちが話しているのを耳にしたんですけど、新しい皇帝がお決まりになったそうです」

「新しい皇帝が？」

これには素《す》で驚《おどろ》く。

「そうなんです！　それで──」

白蓮の反応に力を得たように強く頷《うなず》いた木蘭が、ぐっと声を潜《ひそ》めた。

「その方のお名前が、珀狼《はくろう》さま、と」

「……」

ぴくりと動きかけた表情を、かろうじて押し留《とど》める。

しかし、そんな白蓮には気づかない様子で、木蘭は嬉《うれ》しそうに瞳《ひとみ》をきらめかせた。

「このお名前って『あの晩』の、」

勢いこんで続けようとした言葉を、パシリッ、と手にしていた扇《おうぎ》を反対の手に打ちつけて遮《さえぎ》る。

「──あなたがなにを言っているのかはわからないけれど」

大きな目をしばたかせた木蘭を、静かに見下ろす。

「軽々しく口の端《は》にのぼらせていいお名前ではないわ」

「あ……」

「以後気をつけなさい」

ぱっと口元を押さえて萎《しぼ》んだように肩《かた》をおとした木蘭へだめ押しで言い置いて、白蓮は脇《わき》をとおり抜けた。

──ハクロウ。

不意打ちで耳にしたその名に、鼓動《こどう》が速まるのを感じる。

浮《う》かぶのは、強く鋭《するど》いあの『まなざし』──

むろん、白蓮には木蘭がなにを言いたいのかわかっていた。

あの上元節の晩、危ないところを助けてくれた人物が、新しく即位《そくい》する皇帝なのではないか
──?

彼女はそう問いたかったのだ。

けれど、白蓮はあの晩のことは『なかったこと』にしていた。後日、木蘭に礼を言われた時も知らぬ存ぜぬでとおしたし、上元節が近づくたびむけられる物言いたげな目も無視してきた。

白蓮にとってあれは不測の事態だったのだ。

一人抜けだしたことも、普段《ふだん》から冷たく接している異母妹《いぼまい》をとっさとはいえ助けたことも、すべてが『らしくない』。間違っても邸《やしき》の人間に知られるわけにはいかない以上、あの日の出来事はなかったことにするしかない。

とはいえ、木蘭が言わんとしたことについては、十中八九間違いないだろう。

もともと『珀狼』という名の皇子が存在することは知っていた。

権謀《けんぼう》術数渦巻《うずま》く宮中で、情報は最大の武器だ。宮中に召《め》されるにしろ、どこぞの貴族に嫁《とつ》がされるにしろ、うまく立ち回るためには情報収集は欠かせない。ゆえに、そのあたりの知識はすべていれるようにしていた。

当時、軍に所属していた皇子は幾人《いくにん》かいたが、うち一人が珀狼皇子だったのだ。

「あの人が、皇帝に……」

意外ではあったが、驚きはなかった。

生きる道を、人によらず自らの手で切り開くだけの強さを、あの一瞬肌《いっしゅんはだ》で感じていた。

そんな人が描《えが》く治世はどんな世界だろうか、と思いを馳《は》せ――白蓮ははたと足を止めた。

新皇帝が即位するということは、先帝の崩御により閉鎖《へいさ》された後宮が再び開かれるということだ。そのために多くの貴族や良家の子女が集められる。

ふいに胸をついた思いに、こくり、と喉《のど》を鳴らす。


――これは、運命なのかもしれない。


新皇帝即位の報は、瞬《また》く間に都を駆け抜けた。

同時に、新皇帝の後宮のために人員が集められることが告知され、年ごろの娘《むすめ》のいるそれなりの家柄《いえがら》の者たちは色々と手回しに忙《いそが》しい。

「――宮中に召しだされることが、それほど名誉《めいよ》なことかしら」

「白蓮さまは妃《きさき》の位には興味はございませんか」

「ありませんね。後宮にはいるということは、世俗《せぞく》と切り離《はな》されて、皇帝のためだけに生きるということ。寵愛《ちょうあい》が得られなければ……いえ、それ以前に目に留まらなければ、愛《め》でる者さえいない籠《かご》の鳥。そんな世界はつまらないではありませんか」

ここにある書物だって、まだすべてに目をとおせていないのに。

溜息《ためいき》をおとして、白蓮は薄暗《うすぐら》い室内を見回した。

天井《てんじょう》に届くような棚《たな》に巻子本や冊子が積まれている。

そんな室内の片隅《かたすみ》に座す老人に、改めてむき直った。

「けれど、決まってしまったものはしかたがありません。わたしは宮城へ参ります。今までお世話になりました、老師」

礼を示しながら、白蓮は父親に呼びだされた時のことを思いだしていた。


「白蓮、お喜びなさい！」

お呼びとうかがいましたが、と入室した途端《とたん》、弾《はず》むような声が飛んでくる。

いるとは思っていなかった母親の機嫌《きげん》のよさに、白蓮はくるべき時がきたことを悟《さと》った。

「喜ぶ？　なにをでしょうか」

「あなたの後宮入りが決まったのです！」

それをおくびにもださずたずねた白蓮に、予期したとおりの答えが返る。

「『夫人』の一人として召されることになったのです。女性にとってこれ以上の名誉はないわ。早速《さっそく》、準備をしなくては。他家の者に見劣《みおと》りするようなことがあってはなりませんから。なんといってもあなたはこの柳家の娘。あなた以外のだれが寵愛を得るというのです」

言いたいことだけ捲《まく》したてると、

「ああ、こうしてはいられないわ。あなた、わたくしはこれで失礼いたします」、
母は侍女《じじょ》たちをひき連れ、足早にでていった。これから商人でも呼んで、入宮に際して入り用となる衣裳《いしょう》や道具を用意させるのだろう。

その勢いに口を挟《はさ》む隙《すき》もなく見送るしかなかった白蓮は、聞こえてきた咳払《せきばら》いに房《へや》の奥へ視線を戻《もど》した。

「今、あれが言っていたとおり、おまえの入宮が決まった」

「――はい」

「まさか、あの御方《おかた》が即位なさるとは思っていなかったが、こうなれば致《いた》し方ない。柳家の娘として、おまえにはやってもらわねばならない」

「やる……？」

同じ響《ひび》きでも母とは含《ふく》む色の違《ちが》う『柳家の娘』という言葉に、怪訝《けげん》な顔つきになる。

「白蓮」

次の時、父の口から告げられた「命令」に、白蓮はさっと表情をこわばらせた。

「それ、は……」

「わかっているな？　すべては家のためだ」

「白蓮さま」

しわがれてはいるが、ぬくもりのある声に名を呼ばれ、はっと意識をひき戻す。

いつのまにか、白髪《しらが》で白く長い髭《ひげ》をたくわえた老翁《ろうおう》が目の前に立ち、柔《やわ》らかな瞳《ひとみ》でこちらを見つめていた。

「お世話になったのはこちらの方です。白蓮さまのおかげで、この歳《とし》になってもまだまだ学ぶ楽しさを教えていただきました」

「老師……」

この書室の主《ぬし》のような老翁は、もともとは私塾《しじゅく》の師だったところを父が兄のために雇《やと》いいれた人物だった。

とはいえ、兄はあまり熱心な生徒とは言いがたく、もっぱら白蓮が師事していたといっていいだろう。

両親は白蓮が柳家の長姫《ちょうき》としてふさわしくありさえすれば、あとは関心を払《はら》わなかった。娘が書室にいり浸《びた》っていようが、老師に教えを乞《こ》おうが、かまわない――いや、興味がない。

それをこれ幸いとばかりに、白蓮は老師を師として自由に好奇心《こうきしん》の翼《つばさ》を広げることができた。彼が古い知識に凝《こ》り固まった老人ではなく、博学広才の人物であったこともまた運がよかったのだろう。

「白蓮さまがおられなくなるということは、そろそろこの老いぼれもお暇《いとま》させていただく頃合《ころあ》いかもしれませんな」

「――ええ、それがよいかと。本当ならもっと早くにそうされるべきだったのに、わたしがひき留《とど》めてしまって……」

「なに、儂《わし》も楽しませていただきました」

莞爾《かんじ》と笑《え》む老師に、白蓮もまた顔を綻《ほころ》ばせた。

彼は白蓮にとって、この邸において唯一《ゆいいつ》心許せる人物だった。彼との別れは、父母よりもよほど寂《さび》しい。

それに、と改めて書室を見渡《みわた》す。

「書物もだけれど、ここを去るのは心残りだわ」

色々と揃《そろ》って、ようやく実験ができるようになったところだったのに。

小さく零《こぼ》して、白蓮は名残惜《なごりお》し気に中庭へ視線を移した。

歴史だろうと物語だろうと、どんな知識でもここにはない世界を見せてくれる。その時だけは自由になれる。

そんな中で白蓮がとりわけ興味をひかれたのが、西域の学術だった。

凌国《りょうこく》の領土が広がり、西域との交流が活発になったことで流入してきた人や文化は、この国にはなかった学問や技術を運んできた。

文字ひとつとっても、漢字とはまるで違う。

白蓮の好奇心がかきたてられるには十分で、まだ見ぬ世界に憧《あこが》れを抱《いだ》かせた。

だから、老師を隠《かく》れ蓑《みの》に商人から西域の植物の種を仕入れ、中庭にまいてこっそりと育て、書物で見た技術を試《ため》してみるべく道具を用意し……と、書室はさながら秘密工房《こうぼう》の様相を呈《てい》していた。

いずれこういう時がくることはわかっていたが、これらを諦《あきら》めなければいけないのが残念でならない。

「なに、持っていかれればよろしいでしょう。研究はどこにいてもできます」

「！」

なんでもないことのように告げた老師に白蓮は、はっと振《ふ》り返った。

いつも道を示してくれた笑顔をまじまじと見つめ、ひとつ瞬く。

「――そう、よね」

そうだ。なにも理不尽《りふじん》をただ受けいれる必要はない。

逃《のが》れられない定めなのなら、定めの中で自分の思うようにやればいいのだ。

『あなた以外のだれが寵愛を得るというのです』

『わかっているな？　すべては家のためだ』

母と父の言葉が脳裏《のうり》にこだまする。

だれもかれもが好き勝手なことを押しつけてくるのだ。自分だって好きにしてなにが悪い。

「ありがとうございます、老師。おかげで、気が楽になりました」

「それはなにより。ここにあるものは儂がまとめておきましょう。——なに、荷物はたくさんあるのですから、まぎれこませてしまえばわかりません」

「ええ。咎《とが》められたら、茶器だとでも誤魔化《ごまか》します」

それがいい、と笑った老師が、ふっと表情を改めると頭《こうべ》を垂れた。

「白蓮さま。ご健勝をお祈《いの》りしております」

「はい。老師も、お元気で」

これから身の回りは慌《あわ》ただしくなるだろう。ここを訪《おとず》れることも、もしかしたらもうできないかもしれない。

最後になるかもしれない挨拶《あいさつ》を交《か》わし、白蓮は戸口へと足をむけ——ふと、動きを止めた。

そういえば、と振り返る。

「あの子は、連れていくことにします」

「あの子……木蘭さま、ですか」

確認《かくにん》に、小さく頷《うなず》く。

「この家から解放してやる機会は、今を逃したらもうありません。迷いましたが……ここに置いておくよりは、身のまわりの世話をさせるという名目で連れだした方がましでしょう」

「それがいいでしょうな」

「それに、もしかしたら『物語』のようなことがあるかもしれませんから」

くすりと笑って、白蓮は今度こそ書室をあとにした。

⚖

後宮は、皇后を頂点とする階級社会である。

正一品の位を持つ『夫人』が四名、正二品の『嬪《ひん》』が九名……と妃嬪《ひひん》だけで軽く百名を超《こ》える。さらに、表の官僚《かんりょう》たちに似せた組織が作られ、宮官と呼ばれる行政官――官吏《かんり》のような役割の者たちがいる。

加えて、皇帝《こうてい》や皇后、妃嬪たちの身のまわりの世話をする侍女、その下に下働きの者、と膨《ぼう》大《だい》な数の人間が起居する。

一人の皇帝のために、多い時には何万という女性がひしめきあう女の園――それが後宮だ。妃嬪の身分であっても、生涯《しょうがい》皇帝と顔をあわせることなく終わる、というのもあながちないことではない。

「なんて、むだなのかしら」

雨のそぼ降る外を眺《なが》めながら、柳貴妃《きひ》――四夫人の中でももっとも高い位を与《あた》えられた白蓮は、だれへともなく呟《つぶや》く。

今日は占《うらな》いによって選ばれた、新たな後宮が開かれる日で、夜も明けきらぬうちから門前には入宮を待つ車馬《しゃば》の長い列ができた。

立場上、柳家の一行は優先的に後宮である掖庭宮《えきていきゅう》の門を潜《くぐ》ることができたが、早朝からの騒《そう》動《どう》に疲《つか》れきってしまった。

皇帝一人にこれだけの人数が必要とはとても思えない。年ごろの娘《むすめ》がこれだけ集められたら、世は結婚《けっこん》できない男性であふれるのではないだろうか、などと内心で埒《らち》もない愚痴《ぐち》を零《こぼ》す。

おまけに、この雨だ。

「天気を占ってくれた方がよっぽど役にたったでしょうに」

皇帝のための宮だけあって手入れのいき届いた景観は見事で、晴れの日であればすこしはこの憂鬱《ゆううつ》も慰《なぐさ》められただろう。

ふぅ……と気怠《けだる》い溜息《ためいき》をおとした時、

「お姉さま」

うしろからかかった声に、白蓮は慌てて表情をひき締《し》めた。

「片付けは終わったの」

色のない声音《こわね》を意識しながらゆっくりと首を巡《めぐ》らす。呼びかけのとおり、そこには木蘭が立っていた。

「あの、あちらはどうされますか？」

目線で問う先にあったのは、隅《すみ》にひっそりと置かれた地味な行李《こうり》だった。

「あれはそのままでいいわ」

「でも、ついでですから」

「いいと言っているの」

足をむけかけた木蘭をぴしゃりと遮《さえぎ》る。

善意で言っているのはわかるが、あれに触《ふ》れられるわけにはいかない。あの行李には書室からこっそりと運びだしたものがつまっているのだ。

「っ――失礼、しました」

びくっと肩《かた》を震《ふる》わせた姿に、ちくりと胸が痛む。

そもそもがこんなことをさせたくて、連れてきたわけではない。

普通《ふつう》、姉妹《しまい》で入宮した場合、それぞれに位が与えられるものだ。だが、木蘭はあくまで白蓮付の侍女《じじょ》という立場だ。でなければ、あの邸《やしき》から連れだすことはできなかった。

今はしかたがない、のだが――

「ほかの者はどうしたのです」

白蓮としては家の息がかかった供を連れてくるのは遠慮《えんりょ》したかったが、あの両親が許すはずもない。しかたなく木蘭のほかにも数名、家から連れてきた者がいたはずだ。

貴妃の侍女としては少ないが、宮廷《きゅうてい》側からつけられたこの宮殿《きゅうでん》付の者たちがいるのだから不自由はない。

しかし、いつのまにか連れてきた侍女たちの姿がなかった。

「まわりの様子をうかがってくる、とでていきましたけど」

さっそく偵察《ていさつ》、もとい情報収集にでていったらしい。

――彼女たちにとっても、死活問題だしね。

妃嬪付の侍女たちの地位は、仕えている主《あるじ》の地位に直結すると言っていい。主が皇帝の寵愛《ちょうあい》を受けられたら、自分たちも優遇《ゆうぐう》される。主が日陰《ひかげ》の身におちぶれれば、同じ境遇に甘んじなくてはならないのだ。

万が一、自らが皇帝の目に留まることができたら、妃嬪の身分を得るのも夢ではない。だが、『目に留まる』境遇にいなくては、一縷《いちる》の望みにすがることもできない。

当然必死にもなるだろう。

もっとも、そんなことは白蓮の知ったことではないが。

「――どうやら隣《となり》の牡丹殿《ぼたんでん》には、桂徳妃《けいとくひ》がはいられたようです」

「淑妃《しゅくひ》は何十人と供を連れてきたとか。一体何様のつもりなんでしょう」

「……そう」

ただ、こちらの心中など知らない侍女たちは、自分たちの仕入れてきたあれこれを披露《ひろう》するのに忙《いそが》しい。

掖庭宮は、多い時には何万という人間を抱《かか》える宮であり、敷地《しきち》は広大なものになる。

いくつもの宮殿や楼閣《ろうかく》が点在し、それぞれが回廊《かいろう》や小路で繋《つな》がれている。敷地内には川がひきこまれ、池や築山《つきやま》が造営されたさまは、さながらひとつの街のようだ。

白蓮は貴妃という身分ゆえに、通称薔薇《つうしょうそうび》殿《でん》と呼ばれる宮殿をまるまるひとつ与えられていたが、中には幾人《いくにん》もの宮女たちがともに暮らす宮殿もある。

――房数《へやすう》が多いのだけは、この身分に感謝しないと。おかげで人目を気にせず実験にとり組めそう。

邸にいる時から必要以上に人が侍《はべ》るのを好まなかったため、人払《ひとばら》いをしてもさほど訝《いぶか》しがられることはないだろう。

――まずは、ここの庭に種をまかなきゃ。

それから……と滔々《とうとう》と語られる興味のないあれこれを右から左へと聞き流しながら、考えごとをしていた白蓮は、

「――さま、貴妃さま？」

呼び声に我《われ》に返った。

いけない。まだ聞き慣れない響《ひび》きなのもあって、つい耳を素通《すどお》りしていた。

「どうしたの」

しかしながら、慌てたそぶりなど露《つゆ》ほども見せず、先を促《うなが》す。

「内侍省《ないじしょう》の方が……朱内常侍《しゅないじょうじ》がいらっしゃっています」

「内常侍が？」

内侍省とは、後宮内において皇帝以外で唯一《ゆいいつ》出入りできる官吏——所謂宦官《いわゆるかんがん》たちを統《す》べる部署だ。内常侍といえば、内侍（長官）に次ぐ地位だ。

入宮早々一体なんの用だ、と白蓮は眉《まゆ》を顰《ひそ》めた。とはいえ、後宮で暮らしていく以上、無下にするわけにもいかない。

「——とおしてちょうだい」

隠《かく》さない溜息とともに入室の許可をだす。

やがて侍女に先導されてはいってきたのは、色白のつるりとした面貌《めんぼう》に中肉中背の人物だった。

「お初にお目にかかります、柳貴妃。小官は朱禅《ぜん》と申します」

「ええ——それで、用件は？」

髭《ひげ》のない中性的な面《おもて》に得体の知れない笑《え》みを貼《は》りつけた朱禅に、背中がぞくりとする。嫌悪《けんお》感《かん》を隠すように扇《おうぎ》で口元を覆《おお》いながら、のんびり挨拶《あいさつ》を交《か》わす気にもなれず、端的《たんてき》にきりだす。

「いえ、柳貴妃が入宮されたとお聞きして、ご挨拶をと参上した次第《しだい》です。——貴妃のお父上にはお世話になっておりますので」

「……」

笑みを深めた朱禅に、ぴんとくる。

──お父さまの回し者、というわけ。

おそらく父から色々と便宜《べんぎ》を図《はか》るよう指示されているのだろう。いや、もしかしたら監視《かんし》役かもしれない。

白蓮が、命に背《そむ》かないための。

早速《さっそく》現われた父の息のかかった人間に、白蓮は扇の下でそっと唇《くちびる》を嚙《か》んだ。後宮へはいっても家の柵《しがらみ》からは簡単には逃《のが》れられないらしい。

「なにかございましたら、遠慮なくお申しつけください。できるかぎりの便宜を図らせていただきますよ」

「……なにかあったらお願いするわ」

だったら二度と姿を見せないでほしい、とはさすがに言えず、適当に話を濁《にご》す。

「ええ、お望みであれば方士でも手配いたしますよ？　祈禱《きとう》でも薬でも術でも」

薄《うす》ら笑いで続けた朱禅に、白蓮はつっと眉をあげた。

「それは、わたくしに魅力《みりょく》がない、と言っているの？」

「！　いえっ、まさかそのような、滅相《めっそう》もない！」

不興を買ったと悟《さと》ったのか、笑みをひっこめた朱禅が「ほんの一例でございます」としどろもどろに言い訳する。

「なにせ、新しい陛下は……すこし、気難しい御方《おかた》ですので」

「――気難しい？」

問い返した白蓮に、朱禅は誤魔化《ごまか》すように今度は愛想笑《あいそわら》いを浮《う》かべた。

「それはともかく！　後日、妃嬪《ひひん》方の歓迎《かんげい》の宴《うたげ》を催《もよお》す予定でございます。陛下もご臨席されますので、ぜひご参《さん》加ください」

挙句、逃《に》げるが勝ちとばかりに一方的に告げて踵《きびす》を返す。

ぜひ、とか口では言ってるけど皇帝《こうてい》が臨席する時点で強制でしょうに、と内心文句をつけながらその姿を見送《みおく》――

「待ちなさい」

――ろうとして、ふと思いついたソレに声をあげた。

呼び止められた朱禅がぎくりと足を止める。

「陛下もいらっしゃる、と言ったわね」

「は、はい」

「ならばひとつ、頼《たの》みたいことがあります」

途端《とたん》、上目遣《うわめづか》いにこちらを振《ふ》り返った顔に喜色が宿った。

「なんでしょう、なんなりとお申しつけください」

「宴の余興に、あの者に舞《まい》を披露させましょう」

　そのための場を設けてもらいたい、と他の侍女たちとともに控《ひか》えていた木蘭を扇で示せば、

「え!?」

　意表を衝《つ》かれた声が二カ所からあがる。

「問題でも？」

　しかし、どちらも無視して目を細めた白蓮に朱禅が、いえっ、と面を伏《ふ》せた。

「ご用意いたします。貴妃からのご配慮《はいりょ》とあれば陛下もお喜びになるでしょう」

「頼みましたよ」

　鷹揚《おうよう》に頷《うなず》いて、今度こそさがらせる。

　足早に遠ざかっていく沓音《くつおと》に、やれやれと肩《かた》から力を抜《ぬ》いた時、背後から焦《あせ》ったような声がかかった。

「待ってください！　お姉さま、今のはどういう」

「どうもこうも、言ったとおりよ。おまえには宴の席で一差し演じてもらいます」

「そんなっ、陛下の御前《ごぜん》で披露できる腕前《うでまえ》では……！」

「では、今までおまえはなにをしてきたの」

「そ、れは……」

白蓮の冷ややかなまなざしに、木蘭がぐっと押し黙《だま》る。

歌舞《かぶ》の名手だった実母の血をひいたのだろう。腰《こし》がひけてはいるが、幼いころから習練してきた木蘭の歌舞は、趣味《しゅみ》の範疇《はんちゅう》にはおさまらない芸の域に達している。

見事な彼女の芸は異国風の容姿もあいまって、だれの目も惹《ひ》きつけるはずだ。――そう、皇帝の視線すらも。

「それとも、わたしに恥《はじ》をかかせるつもり？」

一度口にしたことを撤回《てっかい》するような真似《まね》をさせる気か、とだめ押しとばかりに告げる。ここまできたら、木蘭に返せる答えはひとつしかない。

「――わかりました」

案の定、同意を得た白蓮は、

「宴の席なら、そうね、胡旋舞《こせんぶ》がいいわ」

踊《おど》りの中でも難易度の高いものを指定して、話は終わった、と突然《とつぜん》のなりゆきを見つめていた侍女《じじょ》たちにむかって手を打った。

「なにをしているの」

弾《はじ》かれたように侍女たちが各々《おのおの》の仕事へと戻《もど》っていく。

――まったく、初日からこれだなんて……。

先が思いやられる、と早くも辟易《へきえき》する。

だが、父に——家に縛《しば》られる気も、ほかの妃嬪たちと泥沼《どろぬま》の争いを繰《く》り広げる気も、白蓮にはない。

自分がやりたいように、やるだけだ。

まずは、そのための場を整えなくてはならない。

人が滅多に近寄らなかった書室とは違《ちが》い、さすがに昼間は侍女たちの目もある。やるなら夜だろう。私室には立ちいらないよう人払《ひとばら》いをする必要がある。

「あの」

早速計画を練っていた白蓮は、背後から控えめにかけられた声に瞬《まばた》きで思案を払った。

「まだ異存があるのかしら」

「いえ！　決まった以上、お姉さまに恥をかかせないよう、精一杯《せいいっぱい》務めさせていただきます」

どこか不安そうな木蘭にまだ焚《た》きつけなくてはいけないか、と首を巡《めぐ》らせると、意外にも力強い言葉が返ってくる。

どうやら覚悟《かくご》は決まったようだ。なにごとにも懸命《けんめい》にとりくむ彼女らしい、と言えば彼女らしい。

だとしたらどうしたのか、と小首を傾《かし》げる。

そんな白蓮に木蘭は躊躇《ためら》いがちに口を開いた。

「お姉さま、お身体《からだ》の具合が優《すぐ》れないのですか？」

「……え？」

虚《きょ》を衝かれ、つい素《す》で返してしまう。

具合？　一体なんの話だ、と軽く眉根《まゆね》をよせる。それをどう受けとったのか、木蘭の表情が一層曇《くも》った。

「さきほどからお疲《つか》れのご様子ですし、今の方が祈禱や薬が、と……」

木蘭の言う『今の方』というのは朱禅のことだろう。

――祈禱や薬って……あ！

彼とのやりとりを反芻《はんすう》した白蓮は、はたと合点する。

――この子、あれを病気のための祈禱や薬と勘違《かんちが》いしたんだ。

世俗《せぞく》に染まっていないというのか、素直すぎるというのか、これで後宮でやっていけるのかとこっちが不安になる。

「……あれの意味《い》をはき違えているようね」

緩《ゆる》く頭《かぶり》を振った白蓮に、木蘭が首を傾げた。

「意味？」

「あの者はわたしの身を案じたわけではないわ」

いや、案じたことは案じたのだろう――白蓮が皇帝の寵を得られるか、を。

「陛下の寵愛《ちょうあい》を得るために、方士の力が入り用かと聞いてきたのよ」

ぶり返したいらだち混じりに吐《は》き捨てる。

まったく莫迦《ばか》にした話だ。それが必要だと思われたことも、欲《ほっ》していると思われたことも。予想だにしていなかったらしい白蓮の返答に、木蘭は目を白黒させた。

「で、でも方士って、占《うらな》いや呪法《じゅほう》、薬方を扱《あつか》う術士ですよね？」

「祈禱《きとう》で、陛下の御心《みこころ》が手にいれられるよう祈念したり、他の妃嬪が懐妊《かいにん》しないよう呪《まじな》いをしたりする、という意味でしょう。薬はおそらく媚薬《びやく》の類《たぐい》でしょうね」

「え!?」

ただでさえ大きな榛色《はしばみいろ》の目が、今にも零《こぼ》れおちそうだ。

「じゃ、じゃあ、術っていうのは……」

「房中術《ぼうちゅうじゅつ》よ」

所謂《いわゆる》、皇帝の寝所《しんじょ》に侍《はべ》る際の手解《てほど》きだが、さすがに方士が伝授するソレがどんなものかまでは知らない。

そもそも祈禱にしても薬にしても、効果のほどは怪《あや》しい。寵愛のため云々《うんぬん》を別としても、そんなものに頼《たよ》る風潮自体、どうかと思っている。

だからこそ、入り用とみなされたことがなおさら腹立たしいのだ。

木蘭はといえば、ようやく合点がいったのか「ぼ、房中術……」と真っ赤になった顔をうつむかせている。

初々《ういうい》しくてかわいいものだ、とほっこりしながら、ささくれだった心を慰《なぐさ》める。

一方で、罪悪感がちくりと疼《うず》く。

その初々しい異母妹《いもうと》を、自分は泥沼の渦中《かちゅう》へ投げこもうとしているのだから。


宴《うたげ》のため集められた広堂に、ずらりと居並ぶ妃嬪《ひひん》たちは圧巻の一言だった。

どれほどの人数になるのか、堂内にはおさまりきらず、庭にまでひしめきあっている。

とっておきの衣裳《いしょう》を身にまとい、艶《つや》やかな髪《かみ》を高く結《ゆ》いあげ、流行《はや》りの化粧《けしょう》を施《ほどこ》した皇帝《こうてい》のための花々は匂《にお》いたつように艶《あで》やかだ。

それも当然だろう。

名目上は歓迎《かんげい》の宴だが、実質これは皇帝と妃嬪たちの顔合わせなのだから。

「……とはいえ、とても顔がわかりそうにはないけど」

いくら煌々《こうこう》と灯《あか》りが焚かれているとはいえ、夜だ。ただでさえ視界が悪い上に、妃嬪たちにむかいあうよう用意された皇帝のための席はけっして近くはない。

おまけに、牀《しょう》の三方に帳《とばり》が垂らされて影《かげ》になり、あそこにだれかが座ってもかろうじて人がいることぐらいしかわからないだろう。

要は、皇帝の方からこちらが見えればいいというわけだ。

ゆったりと腰かけながら周囲を観察していた白蓮は、つっと視線を横へ動かした。

――彼女たちが四夫人のうちの、残り三人。

後宮が開かれたばかりの今、皇后は空位だ。これから妃嬪たちが寵を競《きそ》い、それを見事勝ちとった者、もしくは跡継《あとつ》ぎをもうけた者が立后する。

とはいえ、空位のまま皇帝の在位が終わるのも珍《めずら》しくない。

寵愛されたとしてもいつまで続くかはわからないし、皇后の実家ともなると軽くはない発言権を持つことになる。諸々《もろもろ》を鑑《かんが》みて、これぞ、という人物か、よほどの寵愛を得た者でないと皇后にまでなることはない。

そのため、現状でもっとも身分が高いのは、貴妃である白蓮ということになる。

淑妃、徳妃《とくひ》、賢妃《けんひ》と続くが、さほどの差はない。身分自体が皇帝の心ひとつでいれ替《か》わる程度のものだ――と白蓮は思っているが、どうやらそう思う者ばかりではないらしい。

「――すっごく睨《にら》まれてる」

さわさわと堂に満ちる、おちつかないざわめきにまぎれるように呟《つぶや》く。

視線を動かした際、隣《となり》の――とはいっても後方の席とは違い、十分な間隔《かんかく》がとられているが――少女と目があったかと思うと、きつく睨みつけられたのだ。

席順からしておそらく、淑妃である蓬梨雪《ほうりせつ》だろう。

「蓬家というと、お母さまが目の敵《かたき》にしている、例の……」

彼女も母親からそのあたりの確執《かくしつ》を聞かされているのか、敵視されているのが手にとるようにわかる。

歳《とし》のころは木蘭と同じくらいか、すこし下だろう。まだ幼さの残る顔に、額や目元を花鈿《かでん》と呼ばれる化粧で彩《いろど》っている。結いあげられた髷《まげ》には飾《かざ》りの櫛《くし》や歩揺《ほよう》を幾本《いくほん》も挿《さ》し、大きく開いた胸元《むなもと》を貴石をはめこんだ金の首飾りで飾っている。

家の権勢をこれでもかと見せつけた装《よそお》いに、白蓮の侍女《じじょ》たちは悔《くや》しさを滲《にじ》ませている。が、

――重くないのかしら、あれ。

当の白蓮が思うことといったら、それくらいだ。

権力を見せつけるのも大変だ、などと他人事《ひとごと》のように考えている白蓮の装いは、梨雪の派手さとは対照的だった。

胸元まである丈《たけ》の長い裙《くん》を腰《こし》の高い位置で帯で締《し》め、薄《うす》い絹の披帛《ひはく》を羽織った衣裳に、結いあげた髪には歩くたびに涼《すず》やかな音を奏《かな》でる歩揺を一本、揃《そろ》いの作りの耳飾りをつけ、化粧も脂《べに》と眉墨《まゆずみ》を刷《は》いただけ、という簡素さだ。

もちろん、鮮《あざ》やかな紅色の裙には緻密《ちみつ》な紋様《もんよう》が織りこまれ、生地《きじ》も染めも一級品だ。歩揺や耳飾りも、翡翠《ひすい》や瑪瑙《めのう》といった石のほかにも珍珠《しんじゅ》をあしらった、見る者が見ればその価値の高さがわかる品である。

あんなじゃらじゃらしたものをいくつもつけていては、重い上にわずらわしい。化粧だって、白粉《おしろい》やら花鈿やらべたべた塗《ぬ》りたくるのは息苦しい。

せっかくなにかにつけ「柳家にふさわしいものを」とうるさい母の監視《かんし》の下《もと》を離《はな》れたのだ。これからは好きにさせてもらう。

なにより、派手に飾りたてなくても、人目をひく容貌《ようぼう》をしている自覚はあった。だれに媚《こび》を売るつもりもないのだから、これで十分だ。

これで貧相だと笑う者がいたら、見る目がない、と逆に鼻で笑ってやればいい。

じろじろとこちらを眺《なが》め回し、ふんっ、と顎《あご》をそらして勝ち誇《ほこ》った顔をした梨雪に、思わず笑いを零《こぼ》したあと、白蓮は順に視線を移した。

梨雪のむこうにいるのが、侍女たちによると隣の牡丹殿へはいったという、桂徳妃――桂珠《けいしゅ》翠《すい》。

さらに奥が、賢妃の姜英華《きょうえいか》。

「見事に、門閥《もんばつ》貴族の娘《むすめ》ばっかり」

何代か前の御代《みよ》から、広く人材を求めるため、試験を設けて貴族以外の民《たみ》にも仕官への道を開いた科挙制を導入したが、まだまだ官僚《かんりょう》の多くは貴族が占《し》めているのが現状だ。

おまけに、先の皇帝のころから権勢を誇っていた家が中心のこの顔ぶれを見るに、朝廷《ちょうてい》にはまだそのころの影響《えいきょう》が色濃《いろこ》く残っているのがうかがえる。

「噂《うわさ》によると、今上《きんじょう》陛下はなかなか厳しい御方《おかた》のようだけど……」

朱禅が口を滑《すべ》らせた『気難しい』という言葉が気にかかり、あれから白蓮なりに調べてみたが、どうやら近寄りがたいと目されているようだ。

跡目争《あとめあらそ》いがはじまったころ、地方に封《ほう》ぜられていた皇子の幾人かが次々と兵を起こしたことがあったが、今の皇帝が中心となって鎮《しず》めたという。その際の、情に惑《まど》わされぬ冷徹《れいてつ》さは他の皇子たちを震《ふる》えあがらせたとか。

もともと跡継ぎの座を望んでいたわけではないようだが、逆らう者には容赦《ようしゃ》しない姿勢が彼を皇帝へと押しあげる形になった。

玉座についた経緯《けいい》からか、信の置ける者以外は近づけないことで有名らしい。

にもかかわらずこの状況《じょうきょう》ということは、そんな人物をしても、朝廷を掌握《しょうあく》するのは一朝一夕《いっせき》にはいかないという証左なのだろう。

反対に言えば、それだけ父《かれ》たちの力が強い、ということか。

「だとすると、厄介《やっかい》なのはこのあたりと――」

あとは、と夫人たちのうしろに並ぶ嬪の顔ぶれへと目を移す。

当然こちらも貴族家の者が中心だが、中に一際《ひときわ》周囲の視線を集める少女がいた。

梨雪のように派手に着飾《きかざ》っているわけではないが、華やかな縦縞《たてじま》模様の裙や、要所要所にとりいれられた異国風の意匠《いしょう》が目をひくのだ。

侍女たちが仕入れてきた情報によると、嬪の中には都で大店《おおだな》を構える商人の娘がいるらしい。おそらくは彼女だろう。

貴族の出の者たちに囲まれ、大勢の人目を集めても気後《きおく》れする様子も見せず、かといって財力と伝手《つて》にものを言わせて見せびらかすように飾りたてる真似《まね》もしない。なるほど、なかなかに強《したた》かさを感じさせる。

その時、ドォン！　と銅鑼《どら》の合図が聞こえ、白蓮は顔を前に戻《もど》して居住まいを正した。ようやく皇帝のお出ましらしい。

皆《みな》がいっせいに礼をとり、面《おもて》を伏《ふ》せる。

シンと静まりかえった堂内に、衣擦《きぬず》れの音が届く。いよいよだという緊張《きんちょう》からか、あちこちで小さく息を呑《の》む気配がした。

「楽にせよ、とのお言葉です」

やがて聞こえてきた宦官《かんがん》の声に、ゆっくりと身を起こす。

先ほどまでだれもいなかった牀に人影《ひとかげ》がある。その姿をどうにか目におさめようとするのか、隣で梨雪がわずかに身をのりだしている。

——やっぱり、顔は見えない、か。

思ったとおり、三方を帳に囲まれた牀の奥までは見通せない。

——まあ、見えたところで、肝心《かんじん》の顔を覚えてないいんだけど。

白蓮の胸に鮮烈《せんれつ》に焼きついているのは、あの『眼《め》』だけ。

そしてもう一人、自分同様あの晩のことを思い浮《う》かべている者がいた。

「あの方が」

「……」

ちらりと目だけで声の方をうかがう。他の侍女たちとともに控《ひか》えている木蘭が、じっと牀《しょう》へ視線を注いでいる。

あの状況では、彼女もまた顔などまともに見えてはいなかっただろうに。

「——なにはともあれ、役者は揃ったわ」

あとは、舞台《ぶたい》を整えるだけだ。


そうして、宴《うたげ》の夜は幕を開けた。

合図とともに饗応《きょうおう》の準備が整えられ、宮廷《きゅうてい》楽士たちが楽を奏でだす。宮妓《きゅうぎ》が歌や舞《まい》を披露《ひろう》するものの、ほとんどの妃嬪《ひひん》たちの耳目《じもく》にはろくろく届いていなかった。

おそらく、彼女たちの耳にも皇帝《こうてい》の噂は届いているのだろう。

数多《あまた》いる妃嬪の中で寵を得るためにはまず彼の目に留まる必要があるが、下手なことをすれば不興を買いかねない。それを恐《おそ》れる一方で、他の妃嬪たちの出方を探《さぐ》りあい、とても宴を楽しむどころではないのだ。

そんな堂内に漂《ただよ》う緊張感をよそに、

「貴妃、柳白蓮さま」

場があたたまってきたのを見計らったように、名を読みあげられる。

「柳白蓮にございます」

白蓮は事前に告知されていたソレに、慌《あわ》てることなく礼をとった。

そのまま夫人から順次読みあげられていく。

皇帝に顔と名を認知《にんち》してもらうため――なのだろうが、望みは薄そうだ。なにせ、うかがうかぎり、本人にまったく興味を示すそぶりがない。

「蓬梨雪にございます！　あのっ……お目にかかることができて、嬉《うれ》しゅうございます」

梨雪が白蓮に見せた気の強さでなんとか関心をひこうとするが、雰囲気《ふんいき》に気圧《けお》されたように語尾《ごび》が萎《しぼ》む。

「続きまして、徳妃《とくひ》、桂珠翠さま」

彼女の健闘《けんとう》も虚《むな》しく、宦官は淡々《たんたん》と次へと移った。

「桂珠翠にございます」

四人の中では一番年上だろうか。控えめな微笑《ほほえ》みを浮かべ、たおやかな仕草で礼をするおちつきは、さすがの一言だ。

彼女の方がよほど『淑』妃にふさわしかったのでは、と隣《となり》でぎりぎりと競合相手をねめつけている梨雪に思う。

残り一名の夫人、賢妃《けんひ》はといえば、

「姜英華にございます。お見知りおきくださいませ」

豊かな肢体《したい》にしなを作り、艶《あで》な笑《え》みで応《こた》える。

続いて紹介《しょうかい》は嬪へと移っていくが、肝心の皇帝はあいかわらずだ。

妃嬪のすべてをこの調子で紹介するとは思えないから、適当なところから名を読みあげるだけになるのだろう。

興味がないものを延々と聞かされる皇帝もお疲《つか》れさまだ、と白蓮は用意されていた杯《さかずき》を手にとった。口をつけた途端《とたん》、喉《のど》の渇《かわ》きを覚えて驚《おどろ》く。

冷静でいたつもりだったが、どうやら自分も意外に緊張していたらしい。

白蓮は杯に苦笑《くしょう》をおとして、ぐいっと飲み干した。

やがて、妃嬪たちの紹介に区切りがつくのを見計らって、こちらへと近づいてくる宦官の姿が目にはいった。

「――準備が整ったとのことです」

そっと耳打ちされ、そう、と首肯《しゅこう》する。

白蓮はひとつの山場を越《こ》え、緩《ゆる》んだ空気に一石を投じるべく、おもむろに腰《こし》をあげた。

「陛下」

特別張りあげたわけでもない声が、凜《りん》、と響《ひび》き渡《わた》り、ざわめきが戻ってきていた堂内が一瞬《いっしゅん》水を打ったように静まりかえる。

「僭越《せんえつ》ながらわたくしの方でひとつ余興を用意いたしました。どうぞ、お楽しみください」

ついで、ざわり、とさざめきが波紋《はもん》のごとく広がっていく。

静かに騒然《そうぜん》となった場を意に介《かい》さず、白蓮は目顔で木蘭を促《うなが》した。受けた木蘭が、硬《かた》い面持《おもも》ちで前へでる。

緊張しているようだが、動きにおかしな力みは感じられない。これならいつもどおりの演技ができるだろう。

進みでた木蘭の姿に、ざわめきが大きくなる。

白蓮が指定した胡旋舞とは、軽《かろ》やかな拍子《ひょうし》にのり、すばやく連続して回転していく舞踏《ぶとう》のひとつだ。

その動きの邪魔《じゃま》にならないよう、しかし優美に見えるよう、薄布《うすぬの》を重ねた異国風の衣裳《いしょう》を用意した。異国の面立ちを宿した木蘭がまとえば、はっと目をひく。

皇帝も興味が湧《わ》いたのか、わずかに身動《みじろ》いだのがこちらからでもわかった。

――ここまでは、計画どおり。

速まる鼓動《こどう》に、自分がどきどきしてどうするのか、と静かに深呼吸し、胸をおちつかせる。

木蘭はさきほどまで宮妓たちが舞っていた場に用意された円形の敷物《しきもの》の上に立ち、皇帝へと礼をとった。

一拍置《いっぱく》いて、あらかじめ指示されていた楽士たちが曲を奏《かな》ではじめる。それにあわせ、木蘭は緩やかに舞いはじめた。

軽やかでいてしなやかな動きは徐々《じょじょ》に速度を増していき、回転にあわせて衣《ころも》が風を孕《はら》んで柔《やわ》らかにひらめき、後れ毛がなびく。

動きの速さに反し、木蘭の足は敷物から一歩も踏《ふ》みだすことはなかった。激しさを感じさせない優美さで、見る者の目を奪《うば》っていく。

しまいには、だれもが固唾《かたず》を呑んで見入る中、曲が最後を迎《むか》える。あわせて木蘭もぴたりと動きを止めた。

消えゆく音色の余韻《よいん》とともに、彼女のまとった紗《うすぎぬ》がふわりとおちる。

「…………」

圧倒《あっとう》されたように堂内に満ちた、耳が痛くなるほどの静寂《せいじゃく》を破ったのは、

「見事だ」

静かな深い声だった。

聞こえた低声に、一瞬耳を疑う。

だが、続いたそれに、白蓮ははたと牀を見やった。

「その方、名は」

――かかった！

入場してから今まで一言も発することがなかった、言葉はすべて人を介していた皇帝が、ここへきてはじめて直接声をかけた。

その相手が、妃嬪のだれでもなく、侍女《じじょ》の一人だったことに、一同に強い衝撃《しょうげき》が走る。

ただ白蓮だけが、こらえきれない笑みをゆっくりと口元に浮かべた。

虐《しいた》げられてきた健気《けなげ》な少女が、人をよせつけない冷然とした皇帝と出会い、凍《い》てついた心を溶《と》かし、やがて恋《こい》におちる――思い描《えが》いたとおりの物語が、はじまらんとしている。

これがうまくいけば、今まで不遇《ふぐう》を受けてきた木蘭は、あの家の軛《くびき》を逃《のが》れ幸せになることができる。

そして自分は、彼女を風除《かぜよ》けにして面倒《めんどう》な権力争いに巻きこまれずにすむ。

まさに、一石二鳥というわけだ。

――それに、かつて助けた者と助けられた者が期せずして再会する、なんて運命めいてない？

このまま二人が恋におちる、そんな物語を夢見てもいいだろう。せめてそれくらいのことは、許されるはずだ。

「あの子も、あの人をすくなからず気にしてるみたいだし」

自分から泥沼《どろぬま》に足を踏みいれる気はないが、陰《かげ》から手助けするのはやぶさかでない。

皇帝からお声かけを賜《たま》わる、という思いもよらない事態に茫然《ぼうぜん》と立ちつくしている木蘭へ、

「木蘭」

白蓮は静かに声を投げた。

咎《とが》める色に気づいたのか、我《われ》に返った木蘭が慌てて膝《ひざ》を折った。

「ご、ご無礼を……木蘭、柳木蘭と申します」

「木蘭か。楽しませてもらった、なにか褒美《ほうび》をとらせよう」

さらに破格の言に、妃嬪たちに一層の動揺《どうよう》が走る。

「褒美など、私は……あっ」

当の木蘭は唐突《とうとつ》な言葉に困惑《こんわく》を深めたあと、数拍置いて、閃《ひらめ》いた！　とばかりに声をあげた。

「では、おね……柳貴妃さまにお願いします！」

「――え？」

ふいに飛んできたそれに、白蓮はなにを言っているのかと眉《まゆ》をよせた。

木蘭にむいていた周囲の視線が、いっせいに自分へ集まるのがわかる。

「柳貴妃に？」

「はい。私に陛下の御前《ごぜん》で舞《まい》を披露《ひろう》する栄誉《えいよ》を与《あた》えてくださったのは、貴妃さまですから」

にこやかに告げる木蘭に、白蓮は必死で平静を装《よそお》いつつ、そうじゃないでしょう！　の間違《まちが》いでしょう！と内心で叫《さけ》びをあげた。

――どうして、そこでわたしに譲《ゆず》るの!?　機会を与えたんじゃなくて、強要した、の間違いでしょう！

彼女でなかったら嫌味《いやみ》だと思うところだ。むしろ、心から言っているとわかる分だけ質《たち》が悪い。

ほお、とおもしろそうに零《こぼ》した皇帝《こうてい》のまなざしがこちらをむいたのを、ひしひしと感じる。

「なにかあるか」

ここは遠慮《えんりょ》して木蘭へ返す、もしくは木蘭に対しての褒美の品を答えるのが定石だろう。自分の手柄《てがら》のように受けとるのは悪手だ。

「ならば――薔薇殿の名にちなんで、薔薇《ばら》園をいただけますか」

しかし白蓮は内面の動揺を押し隠《かく》し、当然、とばかりの態度で答えた。

端《はた》から見るなら、冷たいとも言われる容姿とあいまってさぞ居丈高《いたけだか》に見えるだろう。現に、視界の端で朱禅が顔を青くして慌《あわ》てている。

それでいい。

見た目通りの印象を植えつければ、自分に迂闊《うかつ》に手をだしてくることはないはずだ。皇帝も、他の妃嬪たちも。

まず間違いなく、これを機に自分と木蘭の関係性は後宮中に周知される。遠くないうちに皇帝の耳にも届くだろう。

——それであの子へ一層興味が湧いてくれたら一番だけど、すくなくともわたしへの好感度は下がる。

白蓮の狙《ねら》いが功を奏したのか、

「——考えておこう」

皇帝は興味をなくしたようにいなすと口を閉《と》ざした。

ないだろうな、と思いながら、これで本当に薔薇園がもらえるなら、それはそれでありがたい。

——実験に使いたいと思ってたのよね。量がいるから、簡単にはできないし。

入宮早々種をまいた薬草や香草《こうそう》はともかく、薔薇ともなると自分では難しい。

とりあえず、さっそく顔をだした芽が早く育つといい。

そうしたら……と思案に心を飛ばしながら、白蓮は用はすんだとばかりに宴《うたげ》が終わるまでの時をやりすごすことにした。

第二章　百花競演

「こんばんは」

いい月夜ですね、とかけられた声に、白蓮《びゃくれん》は呆《あき》れを隠さず振《ふ》り返った。

「またきたの、呂清《りょしょう》」

いつのまに現われたのか、軒先《のきさき》にここ後宮においてあるはずのない青年の姿がある。そう、彼は宦官《かんがん》ではなく、歴《れっき》とした男性だった。

にこやかな、けれどどこか得体の知れない笑《え》みを浮《う》かべた彼に溜息《ためいき》をひとつついて、

「どうぞ」

白蓮は軒下に設《しつら》えた席を勧《すす》めた。

「失礼します」

遠慮もなく庭からあがってきた男に、白蓮は慣れた手つきで茶器を呈《てい》した。

迷うそぶりもなく手にとった青年——呂清とはじめて出会ったのは、今日とは違《ちが》い、月のない晩のことだった。

白蓮の目論《もくろ》見《み》どおり、木蘭《もくらん》の存在はあっという間に後宮中を駆《か》け巡《めぐ》った。内侍省《ないじしょう》の官吏《かんり》から下働きの者まで、もはや知らない者の方が珍《めずら》しいだろう。

宴がはじまってから終わるまでの間、皇帝が自ら声を発したのはあの時だけだった。おまけに、妃嬪たちのだれにも興味を示さなかったのに対して、名までたずねたのだ。

さらに追い討《う》ちをかけたのが、翌日、薔薇殿《そうびでん》へ届けられた咲《さ》き初めの薔薇だ。

皇帝から褒美の品として贈《おく》られたそれは、なんと木蘭へ宛《あ》てられたものだった。

薔薇殿の主《あるじ》ではなく、あろうことか侍女を名指しして届けられた薔薇に、宮殿内は騒然《そうぜん》となった。

風動翠條腰嫋娜
露垂紅蕚涙闌干

加えて、そんな意味深な言葉が添《そ》えられていたとあってはなおさらだ。

とある詩人の詩の一節で、枝葉が風に揺《ゆ》れるのはなよやかな腰《こし》つきのようであり、蕚《がく》に露《つゆ》が滴《したた》るさまははらはらと涙《なみだ》を零《こぼ》すようだ——という、薔薇を佳人《かじん》に喩《たと》えたものだ。

おそらく皇帝は、薔薇にかこつけて木蘭の美しさを称《たた》えたのだろう。

それだけでも騒《さわ》ぎになるには十分だったが、実はこの詩には次のような続きがある。

移他到此須為主
不別花人莫使看

人によって解釈《かいしゃく》はあるだろうが、簡単に言ってしまえば、ここの主となりその美しい姿を易々《やすやす》と人目に触《ふ》れさせることがないように、というものだ。

書かれていないとはいえ、わかる者にはわかるし、後宮《ここ》の主に、と皇帝が木蘭に望んでいるととられてもおかしくない。

省かれているのは、単に褒《ほ》め称える部分だけを引用したのか、まだそこまでの想《おも》いはないからなのか、はたまた暗に白蓮を牽制《けんせい》しているのか……。

なんにしろ、木蘭が皇帝のお気に召《め》したことに間違いはない。

薔薇を届けた宦官は不興を買うのでは、としきりに冷や汗《あせ》をかいていたが、白蓮の反応はいたって淡泊《たんぱく》なものだった。

そう、と頷《うなず》いたあと、「あなたにだそうよ」と顔色ひとつ変えず、木蘭へ受けとるよう促《うなが》したのだ。

それどころか、宦官を留め置き、木蘭にすぐに礼をしたためるよう指示した。恐《おそ》れ多い、と尻込《しりご》みした木蘭に、礼のひとつもない方が不敬だ、と。

薔薇殿に止《とど》まることなく妃嬪《ひひん》たちの間に広まったその出来事が、『木蘭』の名を一層印象づけることになったのは言うまでもない。

今や木蘭は『一介《いっかい》の侍女』から『要警戒人物《ようけいかいじんぶつ》』へと成りあがっていた。

同時にそれは、妃嬪たちから『敵』だとみなされたことを意味していた。


ガシャンッ、となにかが壊《こわ》れる音が鈍《にぶ》く響《ひび》いた。

同時に、甲高《かんだか》い悲鳴が耳につく。

散策がてら掖庭宮《えきていきゅう》を探索《たんさく》していた白蓮は、音のした方へ首を巡らせた。

「なにかしら？」

「薔薇殿の方から聞こえてきたけれど」

供をしていた侍女たちも怪訝《けげん》そうにそちらをうかがっている。

なにごとかを喚《わめ》きたてる声が聞こえてくる様子からして、なにか騒動が起こっているのは間《ま》違《ちが》いない。

「戻《もど》ります」

「貴妃《きひ》さま!?」

危のうございます！　と慌《あわ》てる侍女たちを無視して、白蓮は騒ぎの方――自らの宮殿へと足をむけた。

やがて見えてきた光景に、やっぱりと目を細めた。

薔薇殿へと繋《つな》がる回廊《かいろう》で、華《はな》やかな集団にとり囲まれるようにしてうなだれているのは、木蘭だ。その彼女の前に、感情的に喚き散らしている少女がいる。

「あれは、蓬淑妃《ほうしゅくひ》……？」

侍女のだれかが漏《も》らした戸惑《とまど》いの色濃《いろこ》い呟《つぶや》きのとおり、淑妃である梨雪《りせつ》だった。

――めんどくさいことになりそう。

関《かか》わりになりたくない、というのが本音だったが、そういうわけにもいかない。

白蓮は意を決して、すたすたと人集《ひとだか》りへと歩みよった。

「なにごとです」

静かに、けれど鋭《するど》く声を投げる。

梨雪を筆頭にいっせいにこちらを振りむく。はっとあげられた木蘭の顔が、泣きだしそうに歪《ゆが》んだのがわかった。

さて、あれは『助かった』という表情だろうか。それとも『どうしよう』という申しわけなさからくるものだろうか。

白蓮はさっと状況《じょうきょう》に目を走らせた。

木蘭をとり囲んでいる者たちに見覚えはない。梨雪のお付きの者たちだろう。梨雪と木蘭の間には、木箱と割れた焼き物らしき破片《はへん》が散らばっている。さきほどの音は、これがおちて割れた音だろう。

——この様子からすると、これがおちて割れた原因が木蘭ってことなんだろうけど……。

色々と腑《ふ》におちない。

だが、白蓮が思案するより先に、きっと眦《まなじり》を吊《つ》りあげた梨雪が口を開いた。

「柳《りゅう》貴妃！　あなたのところの侍女のせいで、大事な壺《つぼ》がこのとおり台無しですわ。どうしてくれるのですか！」

きゃんきゃんと噛《か》みついてくるさまは、小柄《こがら》な体型もあって小犬が威嚇《いかく》してくるようにしか見えないが、内容が穏《おだ》やかではない。

「——木蘭」

どういうことか、と言外に説明を求めた白蓮に、木蘭は身を縮こまらせた。

「あの……淑妃さまたちとすれ違う際、私の手があたってしまったみたいなんです」

「あなたの方からぶつかってきたんでしょう!?」

「そのようなつもりは…っ」

木蘭の言い分に梨雪が噛みつく。さきほどからこの調子で責めたてられていたのだろう。姉に並ぶ身分の相手に強くでるわけにもいかず、すっかり萎《しお》れた様子だ。

それにしても、ずいぶんとお互《たが》いの言い分が食い違っている。

――木蘭の言い分が本当なら、手があたったくらいでおとしたりする？　そもそもこれだけの人数がいて、『大事な壺』をすれ違いざまに手があたるような位置の侍女が持っていたってこと？　ありえない。

だからこそ梨雪は、木蘭がぶつかってきた、と主張しているのだろう。わざとでもなければ、普通《ふつう》には起きない事故だ。

「わざとでも難しいと思うけど」

つい呟きが口から零《こぼ》れる。

よほどの勢いでぶつかっていかなくては、まわりの侍女たちに阻《はば》まれるはずだ。箱の中身を壊そうとした意図的なものならまだしも、木蘭が知っていたとは思えない。

大体、木箱の中におさめられた物が、この高さからおとして、破片が飛び散るほど割れるものだろうか。

「この責任、どうとってくださるんです？」

あれこれ考えを巡らしているうちに、梨雪の矛先《ほこさき》がこちらへとむく。

「まあ！」と主人を不当に責められた侍女たちがいきりたつが、白蓮は手でそれを制した。

さまざまな観点から、これが仕組まれた事故だろうことは予想がつく。しかし、梨雪は頑《がん》として認めないに違いない。

だったら、すこし違う方向から揺さぶってみるのも手だろう。

「この子を咎《とが》めだてしたいのなら、好きになさればいいわ」

「ならっ」

「その前にひとつお聞きしたいのですけど、よろしいかしら」

食い気味に言い募《つの》ろうとしたところを遮《さえぎ》った白蓮に、梨雪は不承不承といった体《てい》で「なによ」と促した。

「淑妃はどちらへむかわれてまして？　この先には薔薇殿しかありませんけれど」

「そ、れは…っ」

なぜここにいるのか問われ、梨雪がぐっと答えにつまる。

黙《だま》って答えを待つ白蓮に、うろうろと視線をさまよわせたあと、ふいになにか思いついたのか目を輝《かがや》かせた。

「あなたに見せてさしあげようと思ったのよ」

「わたくしに？」

胸を張った梨雪に、これをか？　と割れた破片へ視線をおとす。

「これは秘色磁《ひそくじ》の壺なの。ご存じ？」

「秘色磁？　これが？」

秘色磁とは磁器の一種であり、青磁の中でも逸品《いっぴん》とされる工芸品だ。

訝《いぶか》しげに問い返した白蓮に、優位に立てたと思ったのか、梨雪はふんと得意げに鼻を鳴らした。

「一般《いっぱん》に出回っている青磁とは、物が違うの。──それが、この者のせいで」

「そんな……」

きっと睨《にら》みつけられ、木蘭はとんでもないことをしてしまった、と一層青ざめる。

「──青きこと天の如《ごと》く、明るきこと鏡の如く、薄《うす》きこと紙の如く、声は磬《けい》の如し」

そこへ割ってはいるように紡《つむ》がれた響きに、二人は揃《そろ》って白蓮の方を見た。

「い、いきなりなにを」

「秘色磁をご存じなら、そう称《しょう》されているのも知っておいででしょう？」

文字通り、空のように青々として鏡のように光り輝く艶《つや》があり、紙のように薄い。そして、叩《たた》いてみれば玉《ぎょく》でできた磬という打楽器のように高く澄《す》んだ音が響き渡《わた》る。

そう評されるのが、秘色磁だ。

「ですのに、これは……」

白蓮は膝《ひざ》を折って、通路に散らばる比較的《ひかくてき》大きな破片をとりあげた。日の光に透《す》かすように掲《かか》げ見る。

「色味が薄いのでは？　艶はありますけど、紙のように薄いとはとても……この厚みでは磬のような音色は望めないでしょうね」

「！　なにを、知ったように」

指摘《してき》に、かっと梨雪が顔を赤くする。

白蓮は梨雪を見上げると、首を傾《かたむ》げた。

「よろしければお見せしましょうか？」

「……っ」

なにを、とは言わなかったが、言わんとするところを悟《さと》った梨雪がひゅっと息を吞《の》んだ。ぶるぶると身体《からだ》を震《ふる》わせたかと思うと、ばっと裙《くん》の裾《すそ》を翻《ひるがえ》す。そのまま、足音も荒《あら》く遠ざかっていく。

「淑妃さま！」

ぽかん、と見送る形になった彼女の侍女《じじょ》たちが、慌ててあとを追いかける。

――よかった……お母さまの見る目だけはたしかで。

父親の地位と金にあかせて、豪華《ごうか》な衣裳《いしょう》や装飾品《そうしょく》を買い漁《あさ》るだけでなく、流行《はや》りや珍《めずら》しいものにも目がない人だったが、審美眼《しんびがん》だけはあった。つきあわされるのも辟易《へきえき》していたがこんなところで役にたつとは、と裾を払《はら》って立ちあがる。

「こちらを淑妃にお返ししておいて」

捨て置かれた『大事な壺』の残骸《ざんがい》を一瞥《いちべつ》し、侍女へ指示をだす。

「――え、これ、偽物《にせもの》だったってこと、ですか？」

「すくなくとも、秘色磁ではないわね」

足元の破片と梨雪が去っていった方を代わる代わる見やりながら困惑《こんわく》している木蘭に、そっけなくあいづちを打つ。

価値はともかく『大事な壺』だったのかもしれないが……置いていった時点で違うだろう。思いいれがあるものなら、壊《こわ》れていようがこのままにしていくなんて真似《まね》はしないはずだ。

——まあ、もともと壊れてた可能性も高いし。

割れた壺を箱につめ、偶然《ぐうぜん》を装《よそお》って木蘭とすれ違ったところでわざとおとす。そうして罪をなすりつけ、皇帝《こうてい》の寵愛《ちょうあい》を得るのに邪魔《じゃま》になりそうな彼女を後宮から追いだす計画だったのだろう。

秘色磁云々《うんぬん》は、責を重くするための方便として考えていた、というところか。家にいるころから虐《しいた》げられていた木蘭が、そんなものを知るはずがないと高を括《くく》っていたに違いない。

調子にのって自分にまでからむから、恥《はじ》をかいて逃《に》げだすことになるのだ。

とはいえ、おかげで木蘭を助けられたのだから、結果的にはよかった。

面倒《めんどう》にならずにすんでほっとしながら、白蓮は薔薇殿へ足をむけた。

「あ……お姉さまっ、あの、ありがとうございました」

背中へ慌《あわ》てて投げかけられた謝意に、肩越《かたご》しに目をやる。

「わたしにあまり迷惑《めいわく》をかけないで」

騒《さわ》ぎを嫌《きら》った体を装い、言葉すくなに言い置いて立ち去る。

しかしながら、木蘭にとってこれははじまりにすぎない。この先、次々と同じような事態に巻きこまれるだろう。

夫人という地位にある白蓮とは違い、貴妃付の侍女という立場しかない木蘭は、貴妃には手出しできない低い身分の妃嬪たちからも標的になり得る。

それをどう守っていくのか。しかも、助けていると思わせないように、だ。

——陛下が早く動いてくれるといいんだけど……。

これで木蘭が皇帝に関心がない、噂《うわさ》を鵜呑《うの》みにして怖《おそ》れを抱《いだ》いているなら、また話は違ってくるが、あの夜の恩人だと興味を持っている。

贈《おく》られた例の薔薇《ばら》も、枯《か》れる前に押し花にして大切にしているのを知っていた。

皇帝は百花の咲《さ》き乱れる中にあって、木蘭に目を留めた。

木蘭は皇帝を君主としてではなく、一人の男性として意識している。

摑《つか》みは上々。あとは二人の距離《きょり》を縮めるためにきっかけが必要だが……。

「……結局、陛下の出方を待つしかないのが、もどかしいところだわ」

薔薇の礼にと木蘭に文《ふみ》を書かせたが、形式的なもので終わってしまい、それ以上のやりとりに発展した様子もなかった。

この際、皇帝自身が後宮に足を運ばなくてもいい。表で宴《うたげ》などが催《もよお》される機会があれば、権力と金にものを言わせて木蘭を歌舞《かぶ》を披露《ひろう》する宮妓《きゅうぎ》の中にねじこんでみせる。

が、信のある者しかよせつけないのだから、そんな機会があるはずもなかった。

どうやったらきっかけを作ることができるか、と頭を悩《なや》ませつつ、白蓮は東へ——皇帝がいるだろう内廷《ないてい》の方角へと目をやった。

そんなことがあった、数日後。

人払《ひとばら》いをした私室に一人あった白蓮は、炉《ろ》にかけた釜《かま》に湯が沸《わ》くのを待ちながら、庭に面した戸を開け放した。

入宮して早々、白蓮は寝支度《ねじたく》をすませたあとは人払いをするようになった。房《へや》の外にも不寝番《ふしんばん》を控《ひか》えさせず、完全に人の気配を遠ざける。

その上で、持ちこんだ道具で実験や研究のための準備を細々と整えていった。

「ただ、問題はこれからよね」

当面使う材料は持ちこんだが、使えばなくなってしまう。今、育てているものもあるが、結局は同じだ。

家にいるころは老師という協力者がいたし、出入りの商人も手広くやっていただけあって、時間はかかっても西域の品も手にいれることができた。

だが、後宮では同じようにはいかない。

「まあ、なるようになるでしょ」

そこを工夫《くふう》するのも、己《おのれ》の手腕《しゅわん》だろう。

「どうせ、長いことでも——」

言い止《さ》して、白蓮はあたりに視線を走らせた。

今、なにか音が聞こえた気がした。人払いがしてあるここに近づく者がいるとは思えない。火急の用があるなら、密《ひそ》やかに近寄ってくるはずがない。

風だろうか、と思った時、かさり、と草を踏《ふ》み締《し》める音が耳をかすめた。

「だれ？」

やはり思い違《ちが》いではない、と外にむかって誰何《すいか》を投げる。

しん、と静けさが耳を打つ。速まっていく鼓動《こどう》を感じながら、白蓮は月のない夜闇《よやみ》に目を凝《こ》らした。

やがて、灯《とも》した火明かりにぼんやりと人影《ひとかげ》が浮《う》かびあがる。

びくっと肩《かた》が揺《ゆ》れ、白蓮は反射的に身構えた。

——朱禅《しゅぜん》？　……ならこんな風に庭からはいってきたりしないはず。まさか、妃嬪のだれかがよこした手先？

それとも賊《ぞく》か、と警戒《けいかい》も露《あら》わなこちらの前にゆっくりと歩みでてきた人影は、襆頭《ぼくとう》に丸襟《まるえり》の袍服《ほうふく》という官吏《かんり》姿の青年だった。

白蓮はぎょっと目を瞠《みは》った。

——男⁉　まさか…っ
ここは男子禁制の、皇帝のための花園《はなぞの》だ。男性が足を踏みいれられるはずがない。

しかし、ゆったりとした袍服の上からでもわかる、細身ながらたくましい身体付きは宦官《かんがん》のものとは思えない。

「こんばんは、柳貴妃」

「……」

低く、それでいて朗《ほが》らかな声に、得体の知れなさを感じて無意識に後退《あとずさ》る。

青年は、ああ、と合点がいったように笑った。

「これはご無礼を。私は翰林《かんりん》学士を拝命しております、呂清《りょしょう》と申します」

「翰林学士？」

翰林学士とは、皇帝直属の官であり、詔勅《しょうちょく》の起草などにあたる、いわば皇帝の相談役のようなものだ。

「またの名を、卜部清麻呂《うらべのきよまろ》、と」

「ウラベノキヨマロ……留学生？」

響《ひび》きからして、西域とは反対の海を隔《へだ》てた島国の言葉だ。この国からは、凌《りょう》国の文化や技術を会得《えとく》すべく留学生が派遣《はけん》されてくる。

目の前の青年はどうやらそのうちの一人らしい。

「ええ。推挙をいただき官職を得るにあたり、こちらの国の名を名乗るようになりました」

しゃべり方に違和感《いわかん》がなく、推挙されて官職を得、翰林学士を務めるまでになるのだから、相当優秀《ゆうしゅう》な人物らしい。

が、それとこれとは話が別だ。

「その翰林学士がどうやってここへ？　後宮が男子禁制だと知らぬわけではないでしょう」

どうやって潜《もぐ》りこんだのかと警戒を解かない白蓮に、呂清は懐《ふところ》から木の札のようなものをとりだした。

「後宮とはどのような場なのかと思いまして。陛下に、様子をうかがいがてらのぞかせていただけないかお願いしたところ、好きにしろ、と」

このように通行証も、と木札をこちらへ差しむけてくる。

そこにはたしかに皇帝の印が押されていた。

──好きにしろって……いかにも興味の薄《うす》かった皇帝らしい言い分だけど。

通行証まで発行してしまうことに呆《あき》れを覚えつつ、白蓮は言葉を継《つ》いだ。

「たとえ陛下の許可を得ていようと、掖庭宮の門はくぐれないはずだけれど」

妃嬪たちの産んだ子が皇帝の子ではない、などという疑念を挟《はさ》む余地を与《あた》えないため、いかなる理由でも皇帝《こうてい》以外の男性は立ちいれないようになっている。

「そこは、すこし融通《ゆうずう》を利《き》かせていただきました」

呂清が懐に木札をしまいながら、ちゃり、となにかを鳴らす。

音の正体を白蓮は瞬時《しゅんじ》に悟《さと》った。

「……呆れた」

知らず口から声が零《こぼ》れる。

呂清は門衛である宦官に賄賂《わいろ》を握《にぎ》らせて、秘密裏《ひみつり》に潜りこんだのだ。

──そこまで腐敗《ふはい》が進んでるなんて……。

朱禅の存在から、宮廷《きゅうてい》の深部にまで先帝のころの勢力が幅《はば》を利かせていることはわかっていたが、考えていた以上に状況《じょうきょう》は悪いらしい。

目の前に立つ青年が、朝廷の危《あや》うさを象徴《しょうちょう》しているようで、自然険しい顔つきになる。

一方の呂清は、口元ににこやかな笑《え》みをたたえながら、

「ええ、まったく」

零れた白蓮の呟《つぶや》きにあいづちを返した。

その目が笑っていないことに気づいた瞬間、ふいに閃《ひらめ》く。

──ここがどんな場所かとかなんとか言ってたけど、そうか……この人は、皇帝によこされたんだ。

宮中の腐敗具合をたしかめるため、そして、先帝の旧臣筆頭とも言える柳家の送りこんできた娘《むすめ》を探《さぐ》るために。

すとん、と肩から力が抜《ぬ》ける。

皇帝自身が送りこんできたのなら、これまた話は別だ。

白蓮が毎夜人払いをしていることまで調べた上で、あえてこの刻限に訪ねてきたのだろう。

ぐらぐらといつのまにか釜の湯が煮《に》えたっていることに気づき、白蓮はふうっと息をつくと意識を切り替《か》えた。

「お座りになったら？」

廂《ひさし》の下に置かれた榻《ながいす》へと客を誘《さそ》った。さすがに、房に招きいれる気にはなれない。

おや、とばかりに呂清が眉《まゆ》をあげる。ついで、口元の笑みを深くすると軒下《のきした》へと歩みよってくる。

「では、失礼して」

腰《こし》をおろした呂清を横目に、白蓮は釜へと砕《くだ》いた茶葉をいれ、すこし考えてから生姜《しょうが》、陳皮《ちんぴ》、干した棗《なつめ》などを加えた。さらに塩をひとつまみ。

本当は試《ため》そうと思っていたものがあるのだが、客人をもてなすのなら飲み慣れた一般的《いっぱんてき》なものの方がいい。

そうして、煮たたせたあと、匙《さじ》で茶碗《ちゃわん》へとすくいいれる。

「どうぞ」

「これはこれは、貴妃が手ずから煎《い》れてくださるとは」

嫌味《いやみ》なのか素直《すなお》に感嘆《かんたん》しているのか判別がつきづらいが、茶ひとつ満足に煎れられない、と思われていたことだけはわかった。

──まあ、どうせ飲まないだろうけど。

呂清にとっては、いわば敵陣《てきじん》の娘だ。易々《やすやす》とは口をつけないだろう──と思ったのだが。

「！」

躊躇《ためら》うそぶりも見せず呂清が茶碗を口に運んだのに、こちらが焦《あせ》ってしまう。

「あぁ、美味《おい》しいですね」

挙句、世辞ばかりとも思えない感嘆を漏《も》らした男に、白蓮は額に手をあてて嘆息した。

「……すこしは、警戒なさったら？」

「毒でもはいっていますか」

「かもしれませんわね」

身体《からだ》に異変は？　とわざとらしい笑みを浮かべた白蓮に、くくくっ、と呂清が肩を震《ふる》わせる。

その様子に、どうやら自分は試されていたらしいと気づく。しかけるならしかけてみろ、ということか。

不毛なかけひきに、胸の中の燻《くすぶ》りを細く吐《は》きだす。

「——あなたはともかく、陛下は宮廷……特に後宮でだされるものを軽々しく口にされない方がよろしいのでは？」

なにせ内侍省の次官が、方士に薬を用意させようか、と言ってくるのだ。なにがはいっているかわかったものではない。

白蓮の忠告に、ああ、と呂清が得心したように頷《うなず》く。

「そのあたりは陛下も重々承知しておられます」

「……そう」

それだけまわりは油断のならない者だらけ、という状況なのだろう。

ここで木蘭が皇帝にとって唯一《ゆいいつ》心安らげる場所になるというのが、物語の定石だけど……と考えたところで、はたと我《われ》に返る。

呑気《のんき》に——いや、殺伐《さつばつ》と茶を喫《きっ》している場合ではなかった。

「ところで、こちらにはどのようなご用件で？」

きりだした白蓮に、呂清もまた思いだしたように茶碗を置いた。

「いえ、用というほどのものではないのですが……」

最近、こちらでなにやら騒《さわ》ぎがあったとか。

そう流してよこされた目線に、小さくドキリとする。

——……なに？

恐怖《きょうふ》や焦りとも違《ちが》う胸のざわめきに内心首を傾《かし》げつつ、あちらもとりつくろうのは止《や》めたらしいと苦笑《くしょう》する。

「それこそ、騒ぎというほどのものではありませんけれど。うちの侍女《じじょ》が、ちょっとした因縁《いんねん》をつけられた、というだけで」

「因縁、というと？」

「壺《つぼ》を割っただのなんだの、とるに足らないことです」

さらりと流そうとするが、これは聞くまでひきさがりそうにない。しょうがない、と白蓮は簡単にことの次第《しだい》を説明した。

「——結局、その壺はなぜ割れたのでしょう。蓬淑妃の言い分はずいぶん一方的なものに思えますが」

「さあ、存じません。見てもいないことを語ることはできませんから」

「それであなたの妹御《いもうとご》が、不当な罪に問われても？」

「……」

『侍女』としか言っていないにもかかわらず、『妹』だと断定してきた呂清を、ちらりと横目で見やる。

思ったとおり、木蘭が白蓮の異母妹《いぼまい》だというのは、皇帝の耳にまで届いているらしい。

「そこまでご存じなら、わたくしに聞く必要はなかったのでは？」

騒ぎがどういうものかわかっていてこちらの口から語らせようとは、人が悪い。

ちくり、と言外に刺《さ》すが、呂清の笑みは揺《ゆ》らがない。

これくらいの腹芸ができなくては翰林《かんりん》学士は務まらないか、と息をついて、

「それもしかたがないのではありませんか」

あの子に火の粉を払《はら》うだけの力がなかったにすぎない、と白蓮はそっけなく応じた。

「もっとも、柳家の名誉《めいよ》に関《かか》わるのであれば話は別ですけれど」

逆に言うなら、それを盾《たて》にして木蘭を助けることができる、ということだ。後宮《ここ》へきても家から逃《のが》れられないのはうんざりするが、利用できるものは利用してやるまでだ。

「——なるほど」

白蓮の言をどう受け止めたのか、顎《あご》をひいた呂清はおもむろに立ちあがった。

「夜分に失礼しました」

「ええ、まったくです」

遠慮《えんりょ》なく首肯《しゅこう》した白蓮に、呂清の肩《かた》が小さく揺れる。

「では——また」

笑いを滲《にじ》ませた声で言い置いて、夜の庭へと消えていく。

「……また？」

一人残された白蓮は、あっという間に闇《やみ》に溶《と》けて見えなくなった背中に目をしばたかせた。

まさか、またくるつもりなのだろうか。

後宮とはそんなに気軽に出入りできる場所なのか、と頭をよぎり、いやいや、と首を横に振《ふ》る。

静けさの戻《もど》った景色の中、ぽつん、と置かれた茶碗だけが、今までここに人がいたことを示していた。

「まさか、ね」

いくら体制が腐《ふ》敗《はい》しているとはいえ、何度も侵入《しんにゅう》を許すほど宦官《かんがん》たちも腐《くさ》ってはいないだろう。

自らに言い聞かせるようにして、白蓮は証拠《しょうこ》を隠滅《いんめつ》すべく茶碗を手にとった。


「――そんな風に思っていた時が、あったっけ」

一度ならず、二度三度と続くと、掖庭宮の警備体制は本当に大丈夫《だいじょうぶ》なのか、と心配になってくる。

いつもの榻に腰かけ、呈《てい》された茶碗を手にとる呂清を眺《なが》めながら、白蓮は独りごちた。

その呂清はといえば、例のごとく迷うそぶりもなく茶碗に口をつけようとして、ふと動きを止めた。

「これは……？」

すん、と香《かお》りを嗅《か》ぐように鼻先に湯気を薫《くゆ》らせる。

さすがに、躊躇いもなく、とはいかなかったらしい。

それもそうだろう。光を透《す》かすほど薄《うす》い玉製の碗《わん》の中は、黒々としたもので満たされているのだから。

「蘇葉《そよう》を煎《せん》じたものよ」

「蘇葉、ですか」

蘇葉とは、紫蘇《赤シソ》を乾燥《かんそう》させた生薬だ。それを四半刻ほどじっくりと煮出《にだ》したものが、この一見真っ黒に見える茶の正体だった。

紫《むらさき》をとおりこし赤黒い液は、かすかな月明かりと灯明の下では一層得体が知れなく見えるだろう。

「ここに、これを加えると」

白蓮は別に用意してあった碗からひと匙《さじ》水のようなものをすくうと、自分の碗へといれる。

瞬間《しゅんかん》、パッと茶の色が薄くなった。

「色が…っ」

その変化に、思わずといった様子で呂清が身をのりだしてきた。

一方の白蓮は、軽く肩をおとした。

「やはり夜ではだめね、わからない……これは色が薄れているのではなくて、変化しているのよ」

「変化？——失礼」

白蓮の言葉に、呂清は彼女の碗へ手を伸《の》ばすと手元の碗と並べた。灯明の灯《あか》りに透かすように見比べ、たしかに……と呟《つぶや》く。

「私の方はかぎりなく黒く見えますが、貴妃のものは赤く見える」

ついで、さきほど白蓮がいれた水のようなもののはいった碗をまじまじと見つめた。

「この匂《にお》いは、橘《たちばな》ですか」

たしかめるように指先を浸《ひた》して舐《な》めた呂清が、きゅっと眉根《まゆね》をよせる。見るからに酸《す》っぱそうな表情に、つい唇《くちびる》が緩《ゆる》む。

「いれてみても？」

「どうぞ」

呂清は早速《さっそく》匙を手にとると、白蓮がしていたようにひとすくい自らの碗へとおとした。さきほど同様鮮《あざ》やかに色を変えた茶に、目を輝《かがや》かせる。

自分より年上だろうに、そのさまはどこか子どものようだ。

だからだろう。すこしからかってみたくなったのは。

「これが西域の魔術《まじゅつ》よ」

「魔術？」

それ以上説明する代わりに微笑《ほほえ》むと、白蓮は自らの碗を手元へひきよせた。もの問いたげな視線を無視して、卓《たく》に置いてあった小壺の中身を垂らし、その壺を呂清の方へと押しやる。

「飲みづらいようなら、これを」

「これは？」

「残念ながら、ただの蜂蜜《はちみつ》よ」

とはいえ、庶民《しょみん》の口には易々《やすやす》とはいらない高価な甘味だ。こういう時ばかりは貴族でよかったと思える。

お先に、とばかりに白蓮は茶碗を傾《かたむ》けた。

独特の癖《くせ》はあるが、甘みが足された分飲みやすい。果汁《かじゅう》で酸味が加わって清涼感《せいりょうかん》があり、夏に飲むといいかもしれない。——ただ、実験結果を重視していれすぎた感は否《いな》めない。

吟味《ぎんみ》するように味わう白蓮の横で、蜂蜜をいれず飲んでみることにしたらしい呂清が、茶碗をためつすがめつしながら口へ運んだ。

得体の知れないものを見せられ、さらに魔術だなどと怪《あや》しげなことを言われたにもかかわらず、躊躇《ちゅうちょ》がない。

こちらが先に口をつけたから、というのもあるかもしれないが……すこしは信用されているのだろうか。

かく言う自分も、彼に心を許してきているのだろう。もともと準備をしていたとはいえ、老師以外の前ではしたことがなかった実験をやってみてもいい、と思うくらいには。

今も、茶を口に含《ふく》んだ途端《とたん》顰《ひそ》められた眉に、ふふっと笑いを零《こぼ》していた。

「……なかなか刺激《しげき》的な味ですね」

「気の巡《めぐ》りをよくしたり、風邪《かぜ》をひいた際に利用されているものだから、害はないわ」

ふぅ、と息を吐《は》いた呂清が卓へと茶碗を戻した。どうやらお気には召《め》さなかったらしい。

「それで、またなにかありましたか？」

はじめてこの薔薇殿を訪《おとな》ってからこれが三度目になるが、都度、呂清はこうたずねてくる。なにかあったと知った上で聞いてくるのか、なにもないはずがないと嫌《いや》な意味で信用されているのかは、不明だが。

――どっちもありそう……。

「この間は、薔薇殿に虫のつまった箱が届けられたという話でしたが」

現に、前回のことを持ちだした呂清の双眸《そうぼう》がおもしろそうに輝いている。

持ちだされた白蓮はといえば、思いだしたそれに、ぞわりと背筋を震《ふる》わせた。

――あれは、ない。無理。

届け物だと宦官が持ってきた箱を侍女《じじょ》が開けた瞬間、うぞうぞと蠢《うごめ》く中身に、房内《ぼうない》にいくつもの甲高《かんだか》い悲鳴が響《ひび》き渡《わた》った。

よくぞここまで、といっそ感心するほどの数がおさめられたそれに、一瞬凍《こお》りついた白蓮は、だが即座《そくざ》に侍女のおとした蓋《ふた》を拾いあげるとぴったりと箱を閉《と》ざした。

——とっさに動けた自分を褒《ほ》めてほしいわ……。

蓋を開けた侍女は失神するし、まわりの侍女は逃《に》げだすしで、自分が蓋をしなくてはあれらは房中《へやじゅう》に散らばっていただろう。どこになにが潜《ひそ》んでいるかわからない房ですごすなど、まっぴらごめんだ。駆除《くじょ》したとしても、そもそも数も種類も把握《はあく》できていないのだから安心などできない。

持ってきた宦官を問いつめたが、いくつかの手を経由しているようで、だれからの『贈《おく》り物』かは結局わからなかった。

あれは木蘭というより白蓮を標的にした嫌がらせだろう。だとすると、夫人のだれかと考えるのが自然だが、野心溢《あふ》れる嬪でもおかしくない。

響き渡った悲鳴に、さぞほくそ笑《え》んだことだろう。

うっかり蠢く様子まで甦《よみがえ》って、総毛立つような感覚に腕《うで》を擦《さす》る。

そんな白蓮に、呂清は忍《しの》び笑いを漏《も》らした。

「虫は苦手ですか」

茶の意趣返《いしゅがえ》しか、と横目で睨《にら》みながら、白蓮はゆっくりと頭《かぶり》を振《ふ》った。

「あれのおぞましさは見た者でないとわからないわ。虫自体も得意とはいえないけれど」

虫より猫《ねこ》の方が断然ましだ、とぼやくと、きょとんとした呂清が、ああ、と得心したように頷《うなず》いた。

「この国……というか、都の人たちは、猫にあまりいい顔をされませんね」

「猫鬼《びょうき》を恐《おそ》れているのよ」

「猫鬼？　耳にしたことはある気が……」

端的《たんてき》に答えたものの、かえって首を捻《ひね》られる。

そういえば彼はこの国の出身ではなかった、と違和感《いわかん》のなさに失念していた事実を思いだす。

「猫鬼とは、蠱毒《こどく》……ようは呪詛《じゅそ》の一種で、猫の妖怪《ようかい》とでも言えばいいかしら。それを使役《しえき》する術《すべ》を持つ者がいて、狙《ねら》われて猫鬼にとり憑《つ》かれると病になって死んだ挙句、財産を奪《うば》いとられるのよ」

そうして、術者が富を得る。

凌の前にこの国を支配していた王朝で、皇后が猫鬼に狙われるという世間を震撼《しんかん》させた事件が起こって以来、人々は猫を恐れるようになった。前王朝の時代、猫を飼っているというだけで処罰《しょばつ》されたこともあったとかなかったとか。

その名残《なごり》で、今でも都人は富を持っている者ほど猫を恐れるのだ。

ひいては、人々が昔も今も呪《のろ》いの力を信じている、ということにほかならない。

「猫の呪い、ですか」

「ばかばかしい。あんなに愛らしいのに」

悪いのは猫ではない、欲《よく》に溺《おぼ》れた人間だ。

昔、家に迷いこんできた仔猫《こねこ》を飼いたかったのに、恐れた両親に相当な剣幕《けんまく》で叱責《しっせき》されたことが、いまだに遺恨《いこん》となって胸に残っている。

——狙われる心あたりがあるにしたって、たかだか仔猫にあそこまで……。

「猫がお好きなんですね」

しげしげとこちらを見つめる呂清に、白蓮は我《われ》に返った。

つい、幼いころのことが甦って感情的になってしまった。

「話が脱線《だっせん》したわね」

こほん、と咳払《せきばら》いをした白蓮に、呂清は「いえ」とやんわりと目を細めた。

「興味深いお話でした。それに、あなたの違《ちが》う一面を見ることもできましたし」

呂清の言葉に虚《きょ》を衝《つ》かれる。ついで、じわじわと頬《ほお》が熱くなっていくのを感じて、慌《あわ》てて顔を背《そむ》けた。

「なにかあったか、という話でしたか」

貴妃、ではなく、あなた、と言われたことに、『柳白蓮』ではない自分を見てくれたようで、ほんのりと胸に灯《とも》ったあたたかさを誤魔化《ごまか》すように話を戻《もど》す。

虫の一件以降なにがあっただろうか、と考えを巡らせようとし――巡らせるまでもなく浮《う》かんだそれに白蓮は面《おもて》に苦みをよぎらせた。

「なにか、あったようですね」

目敏《めざと》く認めた呂清に、えぇ、と溜息《ためいき》交じりのあいづちを返す。

「盗難《とうなん》の濡《ぬ》れ衣《ぎぬ》を着せられそうに、ね」

「盗難?」

おや、これは耳に届いていないのか、と思いつつ、例によって簡単に説明する。

「桑充媛《そうじゅうえん》の金の首飾《くびかざ》りが紛失《ふんしつ》したそうで、突然《とつぜん》ここへ押しかけてきたのよ――蓬淑妃が」

「蓬淑妃が?」

突然の名に、呂清が目をしばたかせる。

それはそうだろう。嬪の私物がなくなって夫人がのりこんでくるなど、途中《とちゅう》経過がさっぱりわからない。

なんの先触《さきぶ》れもなく押しかけられた当の白蓮は、なおさらだった。

「失礼しますわ！」

バタバタと足音が近づいてきたかと思うと、音をたてて開いた戸に、白蓮は目を丸くした。

「……蓬淑妃？」

戸口で仁王立《におうだ》ちしているここ薔薇殿にいるはずのない人物に、呆気《あっけ》にとられる。

廊《ろう》からは「お待ちくださいっ」と悲鳴混じりの声が聞こえてくる。乱入してきた梨雪を止めようとしたものの、振りきられたのだろう。

「なにごとですか、蓬淑妃」

ずいぶんと行儀《ぎょうぎ》がよろしいこと、と袖《そで》で口元を覆《おお》い、皮肉を隠《かく》さず問うた白蓮に、梨雪はきっと眦《まなじり》を吊《つ》りあげた。

「宮殿《きゅうでん》の中を検《あらた》めさせていただきますわよ、柳貴妃！」

「――突然押しかけてきて、なにをおっしゃっているの？」

高々と言い放たれた宣言に、白蓮の眉間《みけん》に皺《しわ》がよる。

しかし、梨雪は小馬鹿《こばか》にしたように鼻を鳴らした。

「桑充媛のことに決まっているでしょう」

「桑充媛？　だれです？」

知らぬ名に皺が深くなる。充媛というからには嬪の一人だろうが、あいにく興味がないため覚えていない。

そんな白蓮に、梨雪がかっと顔に血をのぼらせた。

「しらばっくれるつもり!?」

「しらばっくれるもなにも……ですから、なんの話です」

内心いらだっていると、パタパタとまたもこちらへ駆《か》けてくる足音があった。

「蓬淑妃さま…っ」

肩《かた》で息をしながら姿を現わした少女に、おや、と思う。宴《うたげ》の席で、貴族令嬢《れいじょう》中心の嬪の中にあってわけて目をひいた、都に大店《おおだな》を構えるという商人の娘《むすめ》だ。

関係性はよくわからないが、どうやら梨雪と彼女は顔見知りらしい。夫人の中でも一際《ひときわ》気位が高そうな梨雪が、大店とはいえ商人の娘と親しくしているというのは意外だが。

白蓮がむける視線に気づいたのか、桑充媛が慌てて姿勢を正した。

「突然の訪問申しわけございません。わたくし、僭越《せんえつ》ながら充媛を拝命いたしました、桑夕麗《ゆうれい》と申します」

「あなたが——蓬淑妃よりはよほど礼儀を弁《わきま》えているようですけれど、一体全体この騒《さわ》ぎはなにごとです？」

「あのっ、それは……」

言いづらそうに視線をそらした夕麗に、ふとひっかかりを覚える。それを探《さぐ》ろうとするより前に、腐《くさ》された梨雪が声をあげた。

「礼儀がなっていないのは、どちらですの⁉　桑充媛のところから首飾りを盗《ぬす》んでおいて！」

「──なんですって？」

聞き捨てならない単語に、覚えず声が低くなる。

顔つきが鋭《するど》くなった白蓮に、慌てたのは夕麗だった。

「しゅ、淑妃さまっ、そうと決まったわけでは……！」

「なにを言っているの！　あなたは見たのでしょう？　菊花殿《きっかでん》からあの娘《むすめ》がでてくるのをッ」

そう、梨雪が指を突《つ》きつけたのは、隅《すみ》からこちらを心配げにうかがう木蘭だった。

「え……？」

突如《とつじょ》名指しされた木蘭が茫然《ぼうぜん》と立ちつくす。あきらかにことの次第《しだい》を呑《の》みこめていない。

とはいえ、それは白蓮も同じだった。

「……一から説明してくださるかしら」

いきりたつ梨雪を尻目《しりめ》に、まだ話ができそうな夕麗へ目を移す。視線を泳がせ、「あ、の」としどもどと口を開いた彼女に、一層違和感が強くなる。

その正体を見極《みきわ》めるように、白蓮は双眸《そうぼう》を細めた。

「わたくしが、持っていた首飾りがひとつ、見当たらないのです」

「単になくしたのではなくて？」

「見失うほど小さなものではないのです！　それに納めていた箱はなくなっていませんから」

つまりは、中身だけがなくなったらしい。なるほど、ならば盗難にあったと考えるのも不思議はない。不思議はないが――

「まず、身内にたしかめられてはいかが？」

人を疑う前に、とはまっとうな忠告だろう。

だが、頭から疑ってかかっている相手には通用しなかった。

「犯人は菊花殿付のだれかだと？　そんな失礼なことよく言えますわね。大体、言ったはずですわ、あの娘がでてくるのを見た、と」

「いえ、あの、でていかれるのを見たわけではないのです。ただ、遠ざかっていく後ろ姿を……その、木蘭殿《どの》の容姿のような方は、ほかにはおられませんので」

言いづらそうに口を挟《はさ》んだ夕麗に、そら見たことか、と梨雪は顎《あご》をあげた。

「菊花殿を訪《おとず》れたわけでもない薔薇殿の者が、どのような故《ゆえ》あってそんなところにいたというのです」

この前の壺《つぼ》の時の意趣返《いしゅがえ》しか、同じ論理をふっかけてくる。

白蓮は嘆息《たんそく》すると、彼女を無視して夕麗を見据《みす》えた。

「木蘭の姿を見かけたのはいつです」

それくらい覚えているだろう、と質《ただ》せば、夕麗は「えっと……」と目をさまよわせた。

「あの日は、三日月が浮かんでいた気が」

三日月、の語に、視界の端《はし》で木蘭がハッと瞠目《どうもく》したのがわかった。

「そのあと、件《くだん》の首飾りの紛失に気がついた、と？」

てっきりでっちあげの言いがかりだと思っていたが、どうやらそうばかりでもないらしい。いかにも木蘭に心当たりがありげだ。

よもや菊花殿に侵入《しんにゅう》していたとは思わないが、白蓮が人払《ひとばら》いをしたあとで薔薇殿を抜《ぬ》けだし、どこかへいっているのはたしからしい。

それにしても、とおどおどとした気配を漂《ただよ》わせる夕麗を見やる。

――こんな子だったかしら。

さきほどから感じている違和感《いわかん》がこれだった。

あの宴で見た強《したた》かさが感じられない。梨雪に追従する様子が、覚えた印象とあわないのだ。

――むしろ、淑妃ぐらいなら体《てい》よく転がしそ、う……って、そうか！

すとん、と腑《ふ》におちる。おそらくは、そういうことだろう。

「ちょっと！　身分を盾《たて》に脅《おど》すような真似《まね》はよしなさいよ。――大丈夫《だいじょうぶ》よ、そのために私がついているのですもの。貴妃だからといって遠慮《えんりょ》したりしないわ」

私に相談したのは正解だったわね、と胸を張る梨雪に、夕麗がこちらをうかがいながら小さく頷《うなず》く。

「柳貴妃。こちらにはこうして証言もあるのですから、中を検めさせていただきますわよ」

異存、ありませんわよね？

勝ち誇《ほこ》った梨雪の顔に、やむを得ないと首肯《しゅこう》する。

「――どうぞ」

ありもしない罪を吹聴《ふいちょう》されるよりましだろう、と白蓮が戸口から身を退《ひ》きかけたところで、夕麗が脇《わき》に控《ひか》えた侍女《じじょ》の一人へちらっと目配せを送った。

意味ありげな視線を認めながら、「その前にひとつ」と動きを止める。

「紛失した首飾りとは、どのようなものなのです」

手持ちの品に似たような物があった時、盗品《とうひん》だなんだと騒がれても困る。

「そんなこと、私たちがするとでも……！」

いきりたった梨雪を、「淑妃さま」と夕麗が横からなだめた。

「懸念《けねん》はごもっともです。――金製の花模様の珠《たま》が連なっているもので、中央には紅玉のあしらわれた下げ飾《かざ》りが……」

「特に類似《るいじ》する品はないはずね？」

周囲に集まっていた、憤懣《ふんまん》やるかたないといった風情《ふぜい》の侍女たちへたしかめる。

「……はい、お手持ちの物にはございません」

不承不承頷く侍女の顔が、本当にこんな無礼を許すのか、と告げていた。

「そう。では、好きになさって――ただし、あちらの私室へ立ちいる際は、わたくしの監視《かんし》の下《もと》でやっていただきます」

　変に漁《あさ》られて、せっかく集めた道具を壊《こわ》されてはたまらない。

「まあ、やましいことでもおありなのかしら、柳貴妃は」

「あなた方を信用していないだけです」

「なんですって⁉」と突っかかってくる梨雪を流して、白蓮は目顔で木蘭を呼んだ。

「……お姉さま、あの」

「あの侍女に目を配っていなさい」

　壺の騒動《そうどう》の時と同じような表情で口を開いた木蘭に、そちらの事情などどうでもいい、とばかりに囁《ささや》く。

「え？　あ、はい」

「ただし、見ているだけでいいわ」

　ぽかんとした木蘭に、余計な手出しはするな、と釘《くぎ》を刺《さ》して、さきほど夕麗から目配せを受けていた侍女のところへむかわせる。

　突然《とつぜん》の指示に戸惑《とまど》いながらも、木蘭は件の侍女へ近づくと、さりげなく様子をうかがいはじめた。つかず離《はな》れずの絶妙《ぜつみょう》な距離《きょり》感《かん》だ。

　任せておいて大丈夫だろう、と白蓮は無断で私室へ近づく者がいないよう目を光らせながら、さて、と考えを巡《めぐ》らせた。

──菊花殿の近くには、なにがあったっけ。

散策しながらたしかめた掖庭宮の地図を脳裏《のうり》に思い浮《う》かべる。

菊花殿自体、薔薇殿からはさほど離れていない。夜、わざわざ抜けだすのだから、人目を忍《しの》びたいのだろう。

菊花殿近くの、人目につかない場所……と考えると、自然としぼられてくる。

──あの四阿《あずまや》？

薔薇殿と菊花殿の間には池があるが、その池の対岸というのか、奥に四阿がある。池のこちら側からでは木立に囲まれて見えないが、散策の休憩《きゅうけい》や夏場涼《すず》むにはうってつけの場所だ。

ただ、そこへは薔薇殿側からではむかうことができない。菊花殿の脇を通っている小路《こみち》をたどっていく必要がある。

四阿へなにか目的があって出向いたところを、夕麗か侍女にでも見られたというところか。

「──それを、利用された」

となれば、ないはずのものは十中八九『見つかる』はずだ。

案の定、捜索《そうさく》をはじめて間もなく、奥の房《へや》から「あ！」という声があがった。

「ありましたのっ？」

梨雪がぱっと顔を輝《かがや》かせ、駆《か》けだしそうな足取りで奥へむかう。

「やっぱり……」と白蓮は呟《つぶや》き混じりの嘆息をおとした。

そもそもは、夕麗の態度に違和感を覚えたことがきっかけだった。

貴族の令嬢《れいじょう》たちに気後《きおく》れする様子もなく、かといって実家の力を見せびらかすような真似もしない、絶妙な平衡感覚《へいこうかんかく》を持つ彼女だったら本当に確証がないのなら、乗りこんできたりはしない。万が一にも冤罪《えんざい》だった場合、『貴妃』という後宮の権力者を敵に回すことになるからだ。

梨雪に相談するにしても、誤解を招くような言動は控えるはずだ。

しかし夕麗は、梨雪に首飾りがなくなった事実を話し、菊花殿から遠ざかっていく何者かの後ろ姿を見て、それが木蘭のような容姿だったことを告げた。

はっきりしたことは言わない。が、『木蘭が首飾《くびかざ》りを盗《ぬす》んだのだ』と、聞く者に思わせるには十分だ。現に梨雪は「木蘭が菊花殿からでてくるのを見た」と言った。

淑妃なら同じ夫人である貴妃の宮殿へ押しいることができる。例の壺の騒動を知っているなら、梨雪が騒《さわ》ぎたてるのは簡単に予想できただろう。

そうした『蓬淑妃』の性質を把握《はあく》した上で、夕麗は木蘭排除《はいじょ》に彼女を煽《あお》って利用したのだ。あわよくば白蓮の監督《かんとく》責任まで問おうと画策した。

――こんな予想、当たらなくてよかったんだけど。

だれも見ていないところで、懐《ふところ》か袂《たもと》から首飾りをとりだし、さも今見つけましたと騒いだらことはすむ。木蘭に見張らせたのはこのためだ。

手出しを止めたのは、下手に木蘭が咎《とが》めだてすると、犯人だから人に罪をなすりつけようとしているのだと、逆に窮地《きゅうち》に立たされかねないからだ。

「ほらご覧なさい！　これをどう言い訳するつもりですの？」

正義を確信した梨雪が指を突《つ》きつけた先には、両手に布包みを持つ夕麗の侍女の姿がある。布の隙間《すきま》から零《こぼ》れるように垣間見《かいまみ》えている金色は、件の首飾りだろう。

彼女のうしろをちらっとうかがえば、硬《かた》い顔つきの木蘭がその背中を睨《にら》みつけていた。白蓮の視線に気づいたのか、まっすぐこちらを見て、こくり、と頷く。

侍女が自作自演するさまを見た、ということだろう。

――ことの次第《しだい》は読めたけど、問題はどうやってここを切り抜けるか……。

平静を装《よそお》ってはいるが、鼓動《こどう》はうるさいほどに鳴っていた。

自分はどうでもいいが、木蘭を追いださせるわけにはいかない。

いっそ、相手の企《たくら》みをすべて暴露《ばくろ》しようか。実行役の侍女はさすがに緊張《きんちょう》しているのか、顔色が悪い。揺《ゆ》さぶったらぼろをだしそうだ……と考えを巡らせていた白蓮は、ん？　と零れおちている金の輝きに目を留めた。

「――念のため、そちら、見せていただけるかしら」

有無《うむ》を言わせぬ口調で、手をさしだす。

「往生際《おうじょうぎわ》が悪いですわよ」

嘲笑《あざわら》う梨雪とは対照的に、首飾りを持つ侍女はビクリと肩《かた》を揺らした。

「……そちらを柳貴妃さまへ」

こちらもやや硬い面持《おもも》ちになった夕麗が、侍女へと指示をだす。おどおどと歩みよってきた侍女が「どうぞ、おたしかめください」とぎこちない動きで布包みを手渡《てわた》してくる。

手にした瞬間《しゅんかん》、白蓮は眉《まゆ》をあげた。しかし、無言のまま布を開き、件《くだん》の品へ視線をおとす。

「――盗まれた品は金製だと言っていたけれど、これだけ騒ぐのだから、もちろん純金ね？」

「え、えぇ」

こちらの確認《かくにん》に、夕麗が気圧《けお》されたように顎《あご》をひく。

「ならば、これは違《ちが》うわ」

「え!?」

断言した白蓮に、いくつもの声が重なる。というより、その場にいた白蓮以外の人間は全員が声をあげたかもしれない。

「どうしてこれが薔薇殿《ここ》にあったのかわからないけれど、すくなくとも桑充媛が捜《さが》しているものではないわ。金に見せかけたまがい物よ」

「ま、まがい物っ？　言い逃《のが》れができないからって、言いがかりはよしたらいかが!?」

ぎょっとした梨雪が慌《あわ》てて駆けよってくる。

「言いがかりはそちらの方でしょう。ここをご覧なさい」

指さした下げ飾りの部分を梨雪が食いいるようにのぞきこむ。

そこは傷でもついたのか、赤みを帯びた色が露出《ろしゅつ》していた。

「色が金とは違うわ。これは、銅ね」

「銅ですってッ？」

別方向から聞こえてきた叫声《きょうせい》に首を巡らせると、夕麗が今までの冷静さもどこかへ愕然《がくぜん》とこちらを見つめている。

「――こ、こんなの、すこし汚《よご》れてるだけかもしれないでしょう」

虚勢《きょせい》を張る梨雪に、「往生際が悪い」とは言わず、白蓮は近くにいた薔薇殿の侍女《じじょ》に小刀を持ってくるよう指示した。

事態を呑《の》みこめない顔で手渡された小刀の刃先《はさき》を、躊躇《ためら》いなく飾り部分へ走らせる。

「ちょっ、なにを……！」

梨雪の悲鳴を無視して、薄皮《うすかわ》を剥《む》くように表面を削《けず》りとる。

「これでも汚れているだけだと？」

固まっている梨雪の眼前へ、見せつけるように首飾りをさしだす。

そこには削られ剝きだしになった地金が銅《あかがね》色に輝いていた。

「──ということがあったわ」

「それで蓬淑妃と桑充媛はどうされたのです？」

白蓮の説明に、呂清はおもしろそうに双眸《そうぼう》を瞬《またた》かせた。

「もちろん、帰られたわ」

盗まれた物とは違うのだから当然だ。梨雪はなにかに化かされたような顔で、夕麗はひどく動揺《どうよう》した風で、騒がせたことを詫《わ》びて退去していった。

あの様子では、梨雪は利用されたのに気づいていないし、夕麗は自分がまがい物を摑《つか》まされていたと気づいていなかったのだろう。

「その首飾りは？」

「本物が見つかるといいですね、と桑充媛にさしあげたけれど」

しれっと答えた白蓮に、呂清がこらえきれない笑い声を零した。

「それにしても、よくその首飾りが純金製でないと気づきましたね」

あれは運がよかった、と今でも思う。ちょっとした輝きの違いに気づかなくては、ああも簡単にことは運ばなかっただろう。

「きっかけは見た目の違和感《いわかん》だったけれど……手にしたらすぐにわかったわ」

重さが違うのだ。あきらかに純金にしては軽すぎた。これもまた小さな物だったら気づかなかっただろう。

「それに実際、見たことが——」

　ふと言葉を切った白蓮が、次の時、きらりと目を輝かせた。

「論より証拠《しょうこ》。材料さえ揃《そろ》えられるのなら、見せてあげましょうか」

「なにをです？」

　普通《ふつう》なら警戒《けいかい》する場面で、むしろ身をのりだしてくる呂清も、白蓮並みに好奇心《こうきしん》が旺盛《おうせい》とみえる。

　——そうじゃなきゃ、こんな遠い異国の地まできたりしないか。

　同志を見つけた気分で、白蓮は口元に笑《え》みを刻んだ。


「銅を金に変える方法を、よ」


「ほお……それはぜひとも」

　思ったとおり、のってきた呂清に必要な材料を告げる。

「心得ました。次におうかがいする際はそれらを持参しましょう」

　では今夜はこのあたりで、と腰《こし》をあげた彼に、いつもなら座ったままの白蓮が立ちあがる。

　呂清が、おや、と眉をあげた。

「今日はわざわざ見送っていただけるのですか」

「あなたがいつもどこから出入りしているのか、たしかめておかないといけないでしょう」

それもあながち嘘《うそ》ではない。が、別にたしかめておきたいことがあった。

──桑充媛が木蘭を見かけたのが、三日月の晩。

あの日はこの男もここを訪《おとず》れていたはずだ。

ちらりと見やった男の顔には、さきほどまでの楽しげな色はなく、最初に見た摑みどころのない微笑《ほほえ》みが浮《う》かんでいる。

「──なるほど。それは必要な確認ですね」

止めるでもなく、こちらです、と庭へ降りていく後ろ姿に灯《あか》りを手についていく。奥に見えていた築山《つきやま》の裏手へと回りこむ呂清に、こんな風になっていたのか、とはじめて知る。

掖庭宮の造りは興味の赴《おもむ》くままに見て回ったが、自分の庭に関してはどこなら種がまきやすいかということしか頭になかった。

「ここに、一見それとはわからない戸があるのです」

そう呂清が板塀《いたべい》の一カ所に掌《てのひら》をあてた。きぃ、とかすかな軋《きし》みをあげて開いた塀──戸に、こんなところに、と驚《おどろ》く。

これは一通り調べておく必要がある、と胸に刻みつつ、白蓮は呂清に続いて戸を潜《くぐ》った。

見える庭の景色から予想していたことではあったが、塀のむこうには木立が広がっていた。

──と、暗闇《くらやみ》の奥にぼんやりとした明かりを見つけ、目を凝《こ》らす。

う。

「あの四阿《あずまや》……」

木々に邪魔《じゃま》されてはっきりとはわからないが、奥に四阿があり、そこに人影《ひとかげ》らしきものが揺れている。思い描《えが》いた薔薇殿周辺の様子からして、例の池の奥にある四阿で間違《まちが》いないだろう。


ということは、あそこで揺れている影は木蘭か。

白蓮は思わず踏《ふ》みだしかけ、

「足元にはお気をつけください。暗くて見えませんが、池が近いので無闇に歩き回ると危ないですから」

呂清の忠告に足を止める。手元に灯りがあるとはいえ、わずかな月明かりも届かない木立の中ではあまりに頼《たよ》りない。うっかり足を踏みはずして池におちるのはごめんだ。

そう考えると、灯りもなしに庭に現われる呂清はずいぶんと夜目が利《き》くらしい。

しかたない、と白蓮は近づくのは諦《あきら》め、せめてもとすこしでも四阿が見通せる位置へ身体《からだ》をずらした。

火明かりに浮かぶ人影の動きや伸《の》びた影が蠢《うごめ》くさまからすると、どうやら木蘭（と思われる人影）は舞《まい》を舞《ま》っているらしい。

「――もしかして、あそこで練習を？」

呟《つぶや》きが聞こえたわけではないだろうが、ぴたりと人影の動きが止まる。あわせて四阿から伸びた影も木々に溶《と》けこむように静かになった。

そこへ、別の影がはいりこむ。

「え？」

一人だと思っていたが、もう一人いたらしい。立ちあがったのか、ふいに現われた人影は木蘭よりもあきらかに大きい。

「……男？」

反射的に、呂清へ目をやる。肩越《かたご》しに見た彼は、なにを言うでもなく仄暗《ほのぐら》い火明かりの中でうっすらと微笑んでいた。

白蓮はゆっくりと視線を四阿へと戻《もど》した。

木蘭らしき人影は、映りこんだもう一人に対して慌てる様子がない。どうやら見知った相手のようだ。

ということは、何度か顔をあわせたことがある、ということ。そして、呂清の態度からして相手は『男』で、おそらくは彼とともに後宮を訪れた。先日の、三日月の晩も……

「……なるほど」

口元に小さく笑みが浮かぶ。

白蓮はくるりと踵《きびす》を返した。そのまま木戸へとむかう。

「おや、いいのですか？」

「あの子がだれと会っていようと興味はないわ。わたしに迷惑《めいわく》さえかからなければ」

呂清の笑いを含《ふく》んだ問いに、ちりっと胸をよぎったものには気づかないふりでそっけなく返し、白蓮は薔薇殿へと戻っていった。

⚖

ぴたり、と動きを止めた木蘭は、ふぅと溜息《ためいき》とともに構えを解いた。

「──どうした、今日はやけに憂《うれ》い顔をしているな」

気にいらない点でもあるのか、と聞こえてきた声に、慌《あわ》てて振《ふ》り返る。

「陛下！　──いえ、珀狼《はくろう》さま。いらしていたのですか」

「あいかわらずの集中力だ」

いつのまにか四阿の欄干《らんかん》に腰かけていた皇帝《こうてい》──珀狼が薄《うす》く笑う。

「も、申しわけありません」

技芸の練習をしていると、つい周囲が見えなくなる。気づくと一刻がすぎていたということもざらだ。

木蘭がここではじめて珀狼と出会った時もそうだった。

気づいたら今のように欄干にもたれかかっており、悲鳴をあげそうになったものだ。

しかし、背におろされた髪《かみ》にあわせ襟《えり》の袍《ほう》をゆったりまとった姿は宦官《かんがん》ではありえない。この宮中でこんな格好をしているのは――していて許されるのは、皇帝ぐらいだ。

気づいたそれに、今度は驚きをとおり越し啞然《あぜん》とした。

顔などもとより知るよしもない相手だ。あの上元節の夜だとて、しかと顔をたしかめるような余裕《よゆう》はなかった。

まさか、本当に？　どうして、と混乱している木蘭に、皇帝は自分の正体に気づいたことに気づいたのだろう。「ここで会ったことは黙《だま》っておけ」と他言無用を敷《し》いた。

「ばれたらうるさいのが多いのでな。俺のことは、珀狼とでも呼んでおくといい」と。

他言無用はまだしも、陛下に対してそんな……とおろおろする木蘭へ、皇帝もとい珀狼は「練習していたのだろう、続けるといい」とあっさり言い放った。

木蘭としてはすでにそれどころではなかったが、しかたがない。ぎこちないながらも練習を再開してしばらく経《た》ったころ、満足したのか飽《あ》きたのか姿を消した。

ほっと胸をなでおろし、それきりだと思っていたのだが……次に姿を見せたのが、あの三日月の晩だったのだ。

もともと木蘭がこの四阿を見つけたのは偶然《ぐうぜん》だった。

ある程度の広さがあり、人目にもつかないうってつけの場所だと、侍女《じじょ》の仕事にさし支《つか》えのない夜、物音をたてて迷惑にならないよう、ここで練習するようにしていたのだが……

「……結局、迷惑かけちゃった」

「迷惑？　なんの話だ」

後悔《こうかい》とともに零《こぼ》れた呟きに、珀狼が軽く眉《まゆ》をあげた。

しまったと我《われ》に返った木蘭は、いえっ、と首を横に振った。

「なんでもないのです。ただ——もう、ここへくるのはよした方がいいのかな、って」

「なにかあったのか」

欄干から腰をあげた珀狼に、木蘭はうろっと視線をさまよわせた。

第三者から耳にはいるならまだしも、自分から例の盗難騒動《とうなんそうどう》を話すのは躊躇《ためら》われる。この口から語れば、蓬淑妃と桑充媛を批難するものになるだろう。すくなくとも彼女たちの人となりにいい印象は与《あた》えないはずだ。

姉に濡《ぬ》れ衣《ぎぬ》を着せようとしたことは許せないが、もとはといえば自分が標的だったのだ。せめて姉にだけでも四阿《ここ》でのことを話せたらよかったが、口止めされていることもあって結局打ち明けられていない。

自分にも後ろ暗いところがあるのだから、余計なことは耳にいれない方がいい。

——人を欺《だま》して陥《おとし》いれようとするのは、どうかと思うけど。でも、この方ならご自分でそういうのは見抜《みぬ》くだろうし。

「夜間に宮殿《きゅうでん》を抜《ぬ》けだしてうろうろするのは、無用な誤解を招くようですので……」

ぼんやりと誤魔化《ごまか》した物言いをした木蘭に、あぁ、と珀狼はなにかを察したようだった。

「ならば、人目につかないようにしたらいい」

「え？」

「いい抜け道がある。あとで教えてやろう」

「い、いいのですか、そのようなこと一介《いっかい》の侍女に教えても……」

珀狼の提案にぽかんとする。

練習を続けられるのはありがたい。鍛錬《たんれん》を欠かせば如実《にょじつ》に技《わざ》へ影響《えいきょう》する。せっかく認めてもらえたのだから、一層の研鑽《けんさん》を積んでより上を目指したい。

だからこそ、本当なら止《よ》した方がいいことをわかっていながら、せめて別の場所が見つかるまで……と細心の注意を払《はら》ってここまで足を運んでいたのだ。

「おまえならば問題ないだろう」

「あ、ありがとうございますっ」

練習場所を失わなくてすむこと、信用してもらえたことが嬉《うれ》しくて、思わず声を弾《はず》ませる。

「おまえの舞は見事だからな」

俺も見られなくなるのは残念だ、と笑った珀狼に、木蘭は目をしばたかせた。

――こんな笑い方ができる方なんだ。

気難しいと噂《うわさ》だし、これまでも無表情とは言わないが、あまり表情に変化を見せなかった。

笑うにしても、こんな屈託《くったく》のない笑顔《えがお》ははじめて見る。

「どうかしたのか」

「あ、いえっ、その……ここでお会いして三度目になりますが、こんな風にお話しさせていただくのははじめてだな、って」

木蘭の視線に気づいた珀狼に問われ、まさか笑顔に驚《おどろ》いたとは言えず、違《ちが》う理由を捻《ひね》りだす。

それだとて嘘《うそ》ではない。

「必要がなかったからな」

軽く肩《かた》を竦《すく》めた珀狼に、身も蓋《ふた》もないと苦笑《くしょう》する。

「それに……覚えてはおられないでしょうが、困ったところを助けていただくのは二度目になります」

「二度目？」

この流れなら、ときりだした木蘭に、珀狼が怪訝《けげん》な顔つきになる。

突然《とつぜん》こんなことを言いだしたら当然だろう。木蘭としても覚えていてほしかったわけでも、覚えていてくれると思ったわけでもない。

ただ、一言礼が言いたかった。それだけだ。

「三年前の上元節の夜、危ないところを姉の白蓮ともども珀狼さまに助けていただきました。あの時は、ありがとうございました」

わずかに考えこんだ珀狼がしばらくして顔をあげた時、どこかおもしろがるような笑みを浮《う》かべていた。

「礼、礼か……ならば、歌のひとつでも聴《き》かせてくれるか」

「……歌、ですか？」

無意識のうちに身構えていた木蘭は、拍子抜《ひょうしぬ》けする。

「舞《まい》があれだけできるなら、当然歌も嗜《たしな》んでいるだろう」

「家にいたころは……ですが、宮中へきてからはさすがに」

舞と違って歌は響《ひび》く。いくら人気《ひとけ》がないとはいえ簡単には練習できない。

「なに、口ずさむ程度でいい」

できれば異国の歌を、と珀狼は欄干へもたれかかった。

ここまできて歌わないわけにもいかない。礼、というのならなおさらだ。

しょうがない、と木蘭は幼いころ母が歌ってくれていた子守歌《こもりうた》を口ずさむ。

密《ひそ》やかな旋律《せんりつ》のそれは、ゆるりと夜の木立へと溶《と》けていった。

「三年前……」

「おもしろいことをやっていたな」

「そちらこそ。よろしかったのですか？」

「おまえに言われたくないぞ、それを」

呂清の懸念《けねん》を笑い飛ばした珀狼が、で？　と斜《なな》めうしろを歩く部下へと声を投げた。

それに返ったのは深い溜息《ためいき》だった。

「陛下……本当に、ここまでやる必要が？」

「やるからには万全《ばんぜん》を期す。――それで？」

「――厄介《やっかい》ごとには巻きこまれているようですが、あくまで後宮内のこと。今のところ、柳家からの動きは特に見受けられませんね」

「俺がここに興味を示さないからな」

あちらさんも動きようがないんだろう、と鼻で笑う。

宦官も官吏《かんり》も、世継《よつ》ぎ世継ぎとうるさいが、珀狼はすべて無視している。否《いな》、そもそも近づけさせない。長年軍にいただけに、警備を担《にな》う者たちに対しては朝廷《ちょうてい》よりよほど影響力を持っている。

あちらが好き勝手やっているのに、こちらが従う道理はない。

「——とはいえ、そろそろ痺《しび》れを切らしそうだな。俺を疎《うと》ましく思う連中も多い」

「あなたが動いていない分、今しばらくはむこうも様子を見るでしょう」

ただ長くはないでしょうね、と同意が返る。

「さて……」

事態を動かすのは、だれか。

先を見通すように珀狼が双眸《そうぼう》を細めた時、「そういえば」と呂清が思いだしたように声をあげた。

「彼女が興味深いことを言っていましたよ」

「ほお？　そっちもか。こっちもおもしろいことを聞いた」

顔はまったく似ていないが、こういうところは似た者姉妹《しまい》か、と笑いながら、珀狼は呂清に続きを促《うなが》した。

第三章　一酔《いっすい》の幻《まぼろし》

薔薇殿《そうびでん》に姿を見せた朱禅《しゅぜん》は、あきらかに渋《しぶ》い顔をしていた。

人払《ひとばら》いをすませ、一対一になった途端《とたん》、白蓮《びゃくれん》へとつめよってくる。

「一体どうなっているのか、とそれは不機嫌《ふきげん》なご様子ですよ、あなたのお父上は」

「どうなっているのか、と言われても、ね」

知ったことではない、とは胸の中でだけ呟《つぶや》いておく。

「そもそも陛下がこちらにおいでになることも、妃嬪《ひひん》を召《め》されることもないのだから、わたくしにはどうしようもないのではなくて？」

そこはあなたたちがなんとかするところだろう、と言外に告げる。

朱禅もわかってはいるのだろう。さらに苦虫を噛《か》み潰《つぶ》したような顔つきになった。

「あなたさえ、あの宴《うたげ》で陛下のお心を摑《つか》めていれば……いっそ、あの木蘭《もくらん》という娘《むすめ》でも」

「なにか言ったかしら？」

不穏《ふおん》なことを言いだした朱禅を冷ややかにねめつければ、さっと目をそらされる。

冗談《じょうだん》ではない。

これ以上、あの子を家の事情に巻きこむなど、許せることではない。

まったく自分を棚《たな》にあげて、と呆《あき》れと憤《いきどお》りが隠《かく》せない。

「このままでは……」

唇《くちびる》を噛んだ朱禅に、白蓮は双眸を細めた。

このままでは、父に見限られる、もしくは、出世の道が閉《と》ざされる、だろうか。

そんなものはかまわない。それこそ知ったことではない。

だが、もし――……。

浮《う》かんだ可能性に、苦いものがこみあげてくるのを感じながら、

「用が済んだのなら、おひきとりを」

不愉快《ふゆかい》な顔をいつまでも眺《なが》めている趣味《しゅみ》はない、と白蓮は朱禅に退出を促した。


さて、呂清《りょしょう》はいつやってくるだろうか。指示した材料を揃《そろ》えるにはそれなりの時間がかかるだろう――と踏《ふ》んでいたのだが。

「――今回は、早い訪《おとず》れね」

二日後、材料を携《たずさ》えて「こんばんは」と軒先《のきさき》から声をかけてきた呂清に、呆気《あっけ》にとられる。

「鉄は熱いうちに打て、といいますので」

「そう……」

こんなに早くくるとは思っていなかったため、今日は持ってきた道具の試《ため》しも兼《か》ねて別の実験をしようとしていたところだった。

「それは？」

道具を持ったまま振《ふ》り返った白蓮の手元へ、呂清が興味深げな目をやる。

こちらは仕切り直しか、と手にしていたそれを卓《たく》へ戻《もど》した。

「蒸留器よ」

「ジョウリュウキ？」

聞いたことのない響きなのだろう、呂清は不思議そうに首を傾《かし》げた。ただし、目は道具に釘《くぎ》づけだ。

胴体《どうたい》が丸く、首が細く長い大きな瓶《びん》に、先へいくほど細っていく長すぎるほどの注ぎ口がついた、丸っこい胴体の瓶、さらに大きな瓶とほぼ形は同じだが一回り小さい瓶。これらはすべて銅特有の輝《かがや》きを放っていた。

ひとつひとつは茶器だと言っても通用しそうだ。だが、これは三つの瓶を組みあわせて使う蒸留器と言われる道具だった。

「湯を沸《わ》かすと、湯気がでるでしょう？　それを冷やすと水滴《すいてき》になる。簡単に言うとその原理を利用して、混じりあった成分を分離《ぶんり》させてとりだす道具よ」

厳密に言えば、成分によって蒸発する温度が違《ちが》うなどの仕組みがあるのだが、いちいち説明するのは面倒《めんどう》な上、白蓮自身があれやこれや問われて答えられるだけのものを持っていない。まだまだ知らないことの方が多いのだ。

——そういう知識を、もっと身につけたかったんだけど……。

家に未練はないが、それだけが心残りだ。

あの家は制約も多かったが、学びの場としては不自由がなかった。これから見せようとしているものも、その中のひとつだ。

「けれど、今日はこれを使うわけではないから」

「そちらの道具の使い方も、ぜひ見せていただきたいところですが」

材料をこちらへ、と促すが、呂清は蒸留器に興味津々《きょうみしんしん》だ。

「機会があれば」

訪れの早さといい、未知のものへの食いつきといい、やはり自分と似たような質《たち》らしいと親近感を覚えつつも受け流し、白蓮は今日使うものを確認《かくにん》していく。

もともと炉《ろ》は使う予定で火をいれてある。材料は呂清が持ってきたため、卓に並ぶもので事足りそうだ。

「錬金術《れんきんじゅつ》、という言葉を聞いたことが？」

「レンキンジュツ……錬丹術《れんたんじゅつ》ならありますが」

錬丹術とは、仙人《せんにん》になる——不老不死を得るための『仙丹』と呼ばれる薬を作りだす技術のことだ。

「不死の薬を作りだそうとする点は似ているわね。錬丹術の西域版、とでも言えばいいかしら」

白蓮はあいづちを打ちつつ、銅銭、金粉、そして汞《みずがね》——と呂清の持参した材料を並べていく。

「思想的なものが濃《こ》くからんでくるから、その部分にはあまり興味がないのだけれど……思想だけじゃなく技術とも結びついた学術で、色々と新しいことが発見されたり、生みだされたりしているわ」

そのあたりは『仙人になる』という最終目的のために、仙丹を作りだそうと試行錯誤《さくご》されてきたのと同じだ。

「彼らが追い求めてる目的のひとつに、鉄や鉛《なまり》などの卑金属《ひきんぞく》を貴金属である金に変える、というものがあるのだけど」

いったん言葉を切った白蓮は、銅銭を手に呂清を振り返った。

「これからやってみせるのが、その研究の過程で生みだされた『銅を金に変える』方法よ」

「なるほど。金以外の金属を、金へときたえる——それが『錬金術』の由来ですか」

「ええ」

すこし待っていて、と絶対周囲のものに触《ふ》れないよう注意して席をはずした白蓮は、布を二枚手に戻った。

「じゃあ、はじめましょうか」

「お願いします」

まずは、と汞のはいった容器を手にとる。通常金属は高温で熱しなければ溶《と》けないが、これは世にもまれな液状の金属だ。

それを金粉のはいった陶器《とうき》の器《うつわ》へと流しこむ。汞は他《ほか》の金属と混じる性質があるため、待つ間に白蓮は酢《す》と塩を混ぜると銅銭の表面へと擦《こす》りつけた。

「色が……」

「酢に反応して、元の銅の色に戻るのよ」

「もしかして、この間の『魔術《まじゅつ》』も？」

気づいたか、と白蓮は軽く肩《かた》を竦《すく》めた。

「ええ、魔術でもなんでもなく、そう反応する組みあわせだったというだけ」

今回塩を混ぜたのは表面を磨《みが》きやすくするためだ。綺麗《きれい》にしておいた方が、これからの実験が上手《うま》くいく。

ぴかぴかになったのをたしかめて、酢と塩を洗い流す。水気をしっかり拭《ふ》きとり、白蓮は汞のはいった器をのぞきこんだ。

そろそろ頃合《ころあ》いだろう。

準備を終え、さて、と布を手にしたところで、ふっと顔の右側が陰《かげ》る。

「――？」

なんだろう、と顔を巡《めぐ》らせかけたところで、白蓮は短く息を呑《の》んだ。

背後からこちらの手元をのぞきこむ呂清の横顔が、すぐ目の前にある。すこし動けば触れてしまいそうな距離《きょり》に、ぴくりとも動けなくなる。

そうと意識してしまうと、背中に感じる自分以外の熱にも気づくというもので……

――っ、近すぎるでしょ……！

呂清は単に手元が見たかっただけだ。それはわかっている。わかっているが、こんな距離感で父や兄とだって接したことはない。

耳をくすぐる吐息《といき》に、かっと顔に熱が集まってくる。

早く離《はな》れて…っ、と固まったまま必死に願っているのに、

「これをどうするのですか？」

逆に耳元で発された声に、白蓮は声にならない悲鳴をあげた。

とっさに手にした布を叩《たた》きつけるようにして、呂清の身体《からだ》をうしろへと押しやる。――といっても、片手な上にろくろく力のはいらない状態では、たいした威力《いりょく》はなかったが。

「――柳貴妃《りゅうきひ》？」

「～～っ」

呂清が押されるままに一歩下がる。

白蓮は卓に手をついてくずおれそうになる身体を支えた。バクバクと鳴る鼓動《こどう》を鎮《しず》めようと、深呼吸を繰《く》り返す。

「……ゅうは、離れていて」

「はい？」

「作業中は離れていて、と言ったのよ！」

なんとか絞《しぼ》りだした声を聞き返され、反射的にきっと睨《にら》みつけた。

すぐにはっとして、片手で顔を覆《おお》う。

――いけない、こんなのは『柳白蓮』らしくない。

彼にはつい素《す》の自分をのぞかせてしまう。

長く息を吐《は》きだすと、白蓮は呂清から距離をとるようにしながらむき直った。

「……気を遣《つか》う作業になるから、すこし離れて。間違《まちが》っても近づかないで。あと、それで鼻と口を覆ってくれるかしら」

顔が赤いままだろうことは自覚していたが、極力冷静を装《よそお》い、さきほど叩きつけるように押しつけた布を指し示す。

「いいというまで、絶対口元から離さないように」

「――わかりました」

だが、それを指摘《してき》すると続きを見せてもらえないと察しているのか、呂清は殊勝《しゅしょう》に頷《うなず》くと掌《てのひら》で覆うようにして布で鼻と口を押さえた。

白蓮は息を整え、自身も鼻と口を覆うようにして布を巻きつけ、首のうしろで結んだ。貴妃のする格好ではないが、手を空けなくては作業ができない。

そうこうしている間に完全に金粉と混じった汞を、さきほど洗った銅銭へと塗《ぬ》りつけていく。

両面綺麗に塗れたのをたしかめ、今度は炉で加熱する。

しばらくすると、銅銭だったはずのそれは黄金色の輝《かがや》きを放つ金へと姿を変えた。

「！」

劇的な変化に、思わず身体が動きかけたのだろう。大きく身動《みじろ》いだ呂清が視界の端《はし》に映る。

「もう大丈夫《だいじょうぶ》よ」

銅銭――もとい金銭を卓《たく》へ置くと、白蓮は布をはずしながら呂清へ頷きかけた。

「触《さわ》っても？」

「ええ」

まだ熱いかもしれない、とだけ注意して場を譲《ゆず》る。

呂清はしなやかだが皮の厚そうな手で、熱さをものともせず銅銭だったものを摘《つま》みあげた。

灯《あか》りにかざすようにしてためつすがめつする。

蘇葉《そよう》の時とは違《ちが》い、灯明の赤みがかった明かりの下でも色の変化はあきらかだった。

「……なるほど、これが『めっき』の技術ですか」

「知っていたのね」

残念、と薄《うす》く笑う。

そう、これは『銅を金に変える』のではなく、『金属を金の膜《まく》で覆う』技術なのだ。

金の膜で覆っているだけだから、当然削《けず》れば剝《は》げる。

さらに銅と金では重さが違うが、銅が金に変化するわけではないから――金の分だけ増すが――重さは変わらない。

桑充媛《そうじゅうえん》本人は純金製だと思っていた首飾《くびかざ》りは、巧妙《こうみょう》に金でめっきが施《ほどこ》された偽物《にせもの》だったというわけだ。

「よくやり方を知っておられましたね」

「家にいたころ、自称錬金術師《じしょうれんきんじゅつし》がやっているところを見たことがあるのよ」

「自称錬金術師？」

片眉《かたまゆ》をあげた呂清に、白蓮はくすりと笑った。

「さっきも言ったけれど、錬金術師は単に鉄や銅を金に変えることを目的としているわけではないわ。彼らはこの世の神秘を解き明かそうとする探求者。その点で言うと、彼は即物的《そくぶってき》すぎたわね」

「即物的……報酬《ほうしゅう》目的ということですか」

「あとは、名声、かしら」

たしか父が連れてきたのだ、と白蓮は当時のことを思い返す。

「珍《めずら》しい技《わざ》を使う、とかいう触れこみで。その時、銅を金に変えると言って今の実験を披露《ひろう》したのよ」

当時使用したのは銅銭ではなく、邸《やしき》にあった銅製の皿だった。そして、今と同じように金の皿へと変えてみせたのだ。

両親はその視覚的な効果もあって絶賛したが、白蓮はすでに『めっき』という技術があるのを知識として知っていたし、銅と金の重さが違うこともわかっていた。

感心した風を装って持たせてもらった皿は、案の定、もとの重さとほとんど変わりはなかった。

「だから言ってあげたのよ。『すばらしい技を見せてもらった褒美《ほうび》として、この金の皿を持ち帰るといいわ』とね」

「それは……その錬金術師とやらは、どうしました？」

こらえきれない笑いを零《こぼ》しながらたずねた呂清に、白蓮はすまし顔で答えた。

「もちろん、光栄なことだと喜んだわ——ひどく慌《あわ》てた様子でね」

当然だ。金でめっきされたとはいえ、所詮《しょせん》は銅器だ。銀器ならまだしも、使用人たちが普段《ふだん》使っている器《うつわ》をもらったところで、たいした価値にはならない。

たっぷり報酬をもらうつもりでいたのに、実質銅の皿一枚では慌てふためきもするだろう。

しかしその態度こそが、今の技が『銅を金に変える』ものではないことを如実《にょじつ》に白蓮へ物語っていた。

「錬金術師というよりは曲芸師に近かったというわけですか」

「そうね、あれは見世物よ。結局、うまいこと言いくるめて報酬は別に受けとったようだけれど」

その後、どんなやりとりが交《か》わされたのか、自称錬金術師はしばらくの間、邸に逗留《とうりゅう》していた。

ほかにもなにかできるのなら見せてもらいたかったのだが、商売の手法を暴《あば》かれてはかなわないとあらかじめ手をうったのか、父によって彼が逗留する房《へや》へは許可された者以外は近づくことを禁じられたため叶《かな》わなかった。

「自称ではあっても、錬金術の技を間近で見る機会など滅多にあることではないから、残念だったけれど」

老師や出入りの商人の伝手《つて》を使って、西域からの書物や、錬金術師とはいかなくてもあちらの知識を持った者から学んではいたが、実際この目で見て触《ふ》れ、経験を得るのに勝《まさ》ることはない。

「なるほど。——では、私も機会は大事にしなくてはなりませんね」

今の話に、なにかを得心したそぶりで頷いた呂清がにこりと微笑《ほほえ》む。

なんのことか、と訝《いぶか》しむ白蓮をよそに、彼は手にしていた銅銭を卓へと戻《もど》すと、

「次は、そちらの道具を使うところを見せてください」

目顔で卓の隅《すみ》へ追いやられていた蒸留器を示し、では、と辞去を告げた。

「あ、ちょ——」

断る隙《すき》も与《あた》えず、夜の庭へと消えていく。

とっさに伸《の》ばしかけた手を、白蓮はのろのろとおろした。

「……流されてはくれない、か」

自分でも機会があったら逃《のが》さない。同じく好奇心《こうきしん》が旺盛《おうせい》な質《たち》の呂清が、あのまま流されてくれるわけもなかった。

息をつきかけ——いや、と思い直す。

「——逆に考えたら、いい機会よね」

どうことを運んだらうまくいくか、卓に転がった黄金《こがね》色に輝く銅銭を拾いあげ、白蓮は思案を巡《めぐ》らせた。

水のはいった銅の鍋《なべ》に、穴の空いた皿を重ね、上に庭で摘《つ》んできた薄荷《はっか》を盛る。ここへきたばかりのころ、種をまいたものだ。

そこへ長い首のついた瓶《びん》のような蓋《ふた》をしっかりと被《かぶ》せた。

「この前のものとは、形がすこし違うようですが」

蓋——といっても、瓶と同じく筒《つつ》には穴が空いているため正確には違うが——の上部から中をのぞきこみながら、呂清が問う。

「基本的には同じよ。成分をとりだしたい植物をいれる皿をとりつけるために、分離《ぶんり》できるようになっているだけで」

筒の口を塞《ふさ》ぐ形で丸っこい瓶を逆さまにとりつける。そこから伸びた先へいくほど細くなる長い口の先へ、別の瓶を宛《あ》てがう。

準備はこれで完了《かんりょう》だ。

「これを火にかける。そうすると湯が沸《わ》いて、湯気がでる。皿に空いた穴から上へ抜《ぬ》けていく時に、薄荷の中にある成分が湯気に溶《と》けこむの」

白蓮は説明にあわせ、指を鍋肌《なべはだ》にそうように上へと滑《すべ》らせていく。

「湯気は冷えると水に戻る」

一番上の逆さにとりつけた瓶までいくと、今度はそこから斜《なな》め下へ伸びた細く長い注ぎ口をなぞっていく。

「……上にとりつけた瓶の部分で湯気を受け止め、この細い管を通るうちに冷える、という仕組みですか」

「そう。そして、滴《したた》ってくる水滴《すいてき》を受け止める」

結果、薄荷の成分が濃《こ》く溶けこんだ水ができあがるというわけだ。

「匂《にお》いも味も、煎《せん》じたものよりぐんと濃くなるわ」

「煮出《にだ》すよりも、ですか」

「だから同じ効能を求めるのであっても、薄荷そのものを使うよりずっと少量ですむ」

白蓮は慎重《しんちょう》に蒸留器の胴体《どうたい》部分を持ちあげた。

「もっとも、これだけの薄荷を使っても、とれる量はわずかだけれど」

肝心《かんじん》の薄荷の成分が抜けきってしまえば、あとはどれだけ沸かしたところでただの水にしかならない。

ゆっくりと用意してあった炉《ろ》へと蒸留器をかける。あわせて受ける瓶も台座で高さを調整し、注ぎ口に宛てがっておく。

「あとは待つだけ」

「どれくらい？」

「すくなくとも、湯が沸いて湯気がいき渡《わた》るだけの時が必要ね」

すぐ、というわけにはいかない、と答えながら蒸留器の具合をたしかめていると、ふいに手を摑《つか》まれた。

「！　な、にを」

「怪我《けが》を？」

弾《はじ》かれたようにひき抜こうとした指先へ呂清が顔をよせてくる。

「え？　……ああ」

見れば、たしかに小さなひっかき傷のようなものがある。

「どこかでひっかけたんでしょう」

たいしたことではない、とひき戻した手を、跳《は》ねた鼓動《こどう》をなだめるように胸に抱《いだ》く。そのまま白蓮は彼へ背をむけると、「それより」といつもの軒下《のきした》の卓《たく》へと歩を進めた。

「待つ間に、こちらでもどうかしら」

あらかじめ卓上に用意してあった瓶を軽く掲《かか》げ、呂清を誘《いざな》う。

「――そうですね、いただきましょう」

気遣《きづか》わしげに手を一瞥《いちべつ》しつつ頷《うなず》いた呂清がいつもの席につく。

「そういえば、陛下はつつがなくお過ごしなのかしら」

なめし革《がわ》の封《ふう》を解きながら、誤魔化《ごまか》すようにたずねた白蓮に、おや、と呂清が瞬《またた》いた。

「貴妃がそのようなことを聞かれるのは珍しいですね。どのような心境の変化で？」

おもしろがる表情の奥で、瞳《ひとみ》だけが鋭《するど》くこちらをうかがっている。

しかし、白蓮はなんでもないことのように、瓶の中身をいつもの茶碗《ちゃわん》より小ぶりな白磁の杯《さかずき》へと注いだ。

「うるさいのよ、まわりが」

あの宴《うたげ》から、優に二月近くが経《た》とうとしている。入宮してからなら、季節が春から夏へと移り変わろうとするくらいには時が流れていた。

その間、皇帝《こうてい》が妃嬪のだれかを召《め》したこともなければ、後宮へ足を運んだという話も——表向きは——聞かない。

「宦官《かんがん》たちは、もっと見目麗《みめうるわ》しい娘《むすめ》を探してきた方がいいのではないかと、頭をつきあわせているとかいないとか。妃嬪たちは、いつだれがその名誉《めいよ》を賜《たま》わるのかと牽制《けんせい》しあっているわ」

他人を蹴落《けお》とそうとするより、いつかに備えて己《おのれ》を磨《みが》く方がよほど建設的だと思うのは、白蓮が『自分事』としては興味がないからだろうか。

——でも、現に自分磨きに余念がないあの子のところには……ね。

なにはともあれ、皇帝が動きを見せないことに皆《みな》が焦《じ》れてきているのは、疑いようがない。

「官吏《かんり》の間では、陛下の傍近《そばちか》くにいる者が余計なことを吹《ふ》きこんでいるのだ、なんていう話もあるそうよ——翰林《かんりん》学士殿《どの》？」

「それはそれは……」

色のない微笑みと得体の知れない笑《え》みが交差する。

先に視線をはずしたのは、白蓮の方だった。

「——雑音がいい加減わずらわしい、それだけよ」

「それは陛下もお感じのようですよ」

「そこを助言してなんとかするのが、あなたの役割ではないの？」

さもありなん、とばかりに同意する呂清に、いつか覚えた親近感はどこへやら、食えない相手だ、と白蓮は双眸《そうぼう》を細めた。

「まあ、いいわ。——どうぞ」

注ぎわけた片方の杯を呂清の前へと滑らせる。

「ありがとうございます」

呂清は差しだされた杯をいつもの調子で手にとり——いつかのように動きを止めた。

「これは……酒、ですか」

「ええ、せっかくだからすこし趣《おもむ》きを変えようかと思って」

さすがに匂いで気づいたらしい。

白磁の中で火明かりを映して揺《ゆ》らぐそれを呂清は、ほお、と興味深げに眺《なが》める。

「では」

そう彼が口をつけようとした時を見計らって、ああ、と白蓮はさも思いだしたように声をあげた。

「気をつけた方がいいわ。普通《ふつう》の酒とはすこし違《ちが》うから」

しかし、忠告は今一歩及《およ》ばなかった。

「──ッ」

一口含《ふく》んだ途《と》端《たん》、呂清はかっと目を見開いた。喉《のど》が上下するかしないかのうちに、ゲホッと激しくむせ返りはじめる。

「──だから、気をつけた方がいい、と言ったのに」

その苦しみようを見ながら呟《つぶや》かれた声は、あくまでも静かだった。

ふいに首を巡《めぐ》らせた珀狼《はくろう》が、すうっと目を細めた。

「──どうか、されましたか？」

「……」

張りつめた横顔に木蘭が恐《おそ》る恐る声をかける。

無言で木立の奥を見つめていた珀狼は、しばらくするとふっと緊張《きんちょう》を解いた。

「いや、なにかの気配を感じたのだが、小動物だったようだ」

「小動物……リスやウサギでしょうか？　そんなものもいるんですね、後宮《ここ》には」

「そのように造られた場所だからな。川をひき、山を築き、木々を植え、生き物を放つ——この中だけで完成された、美しい、な」

美しい、と言いながらその響《ひび》きは皮肉げだ。

たしかにここには完成されているからこその閉塞感《へいそくかん》があった。広大な敷地《しきち》は壁《かべ》に囲まれているることなど感じさせないが、作りものめいて——実際そうなのだが——どこか息苦しさを覚える。

だからだろうか。ここに住まう人々も、きらびやかな美しさの裏にぎすぎすとした空気をまとっているのは。

「木々……ここには珍《めずら》しい花なんかも植えられてるんでしょうか」

「そうだな、この国にはない木や花も西域からとりよせているらしいな」

それがどうかしたのかと目顔で問われ、木蘭は細く息を吐《は》いた。

「——私のせいで、お姉さまにまたご迷惑《めいわく》をかけてしまうところでした」

「また、なにかあったのか」

「毒を、危《あや》うく持ちこんでしまいそうになって……」

「毒？」

穏《おだ》やかならぬ言葉に、珀狼の眉《まゆ》があがる。

「花かなにかに仕込まれていたのか？　身体《からだ》は？」

「あ、いえ、私は大丈夫《だいじょうぶ》です！　そうではなくて……花をいただいたんです、綺麗《きれい》に咲《さ》いていたから薔薇殿にもお飾《かざ》りになっては、と」

その花に毒が仕込まれていたのではないのかと、珀狼は訝《いぶか》しげだ。

木蘭は緩《ゆる》く首を振《ふ》った。

「仕込まれていたのではなくて、それ自体が毒のある植物だったみたいで……」

見たことのない花だったが、濃《こ》い緑の葉と真っ赤な花弁の対比は目に鮮《あざ》やかで、木蘭は礼を言ってうきうきと薔薇殿へと持ち帰った。

そうして、散策の帰りだった白蓮と宮殿の前で行き合ったのだが……経緯《けいい》を説明し終わるか否《いな》かのうちに、花は地面へ叩《たた》きおとされていた。

唖然《あぜん》とした木蘭の前には焦《あせ》りを滲《にじ》ませた白蓮がいて、

「どこでこんなものを……すぐに処分して」

それは飾られるどころか、薔薇殿へ持ちこまれることもないまま運び去られていき、彼女自身もすぐに手を洗うよう指示された。

「あとからやってきた役人の方から聞いたんです、あれは花どころか、枝も葉も毒を持っている木なのだと」

これからは摘《つ》むことは控《ひか》えてほしい、と注意を受けた。どうやら処分のため燃やすにしても煙《けむり》に毒が混じり、危ないらしい。

使い方さえ間違《まち が》えなければ薬効もあるため、見た目の華《はな》やかさもあり、植えられているのだと聞いた。

「その花をよこした人間は？」

「……その方も、ご存じなかったのかもしれません」

木蘭は「薔薇殿にも」と告げたおっとりした笑顔――桂徳妃《けいとくひ》を思いだしながら頭《かぶり》を振った。

わざわざ役人が説明にくるくらいだ、知らない可能性は高い。

ましてや、蓬淑妃《ほうしゅくひ》とは正反対のあの徳妃だ。目にしたことがあるのは宴の時だけだが、その時の様子からはとてもなにか企《たくら》むような人には見えなかった。

だが、自分を見知った上で、あの花をよこした点を考えると……。

「――まあ、知っていたとすれば問題だが、嫌《いや》がらせ以上の目的があったとも考えづらいか」

「はい」

なにかを察したのか、それ以上踏《ふ》みこんではこなかった珀狼に、密《ひそ》かに胸をなでおろす。

「ただ、私の無知のせいでお姉さまには不快な思いをさせてしまって……」

肩《かた》をおとした木蘭に、それにしても、と珀狼はちらりと薔薇殿の方へ視線を投げた。

「おまえの姉はよくそれが毒のある植物だと知っていたな」

出会い頭《がしら》に叩きおとす、というやり方は乱暴だが、目にしただけでなんの花か気づいたということでもある。

珀狼としては褒《ほ》めたつもりもなかったのだろうが、告げられた木蘭はといえばそれまでの憂《うれ》いもどこかへ、ぱっと表情を輝《かがや》かせた。

「そうなんです！　お姉さまは本当に博識で、いろんなことをご存じなんですよ」

おかげで後宮にきてからも何度も助けてもらった、とまるで自分のことのように自慢《じまん》げな木蘭に、珀狼は呆《あき》れをのぞかせた。

「おまえに対する態度はずいぶんだと聞いているが」

「そ、れは……」

しゅん、と再び肩をおとした木蘭が、寂《さみ》しげに目を伏《ふ》せる。

「私とお姉さまの立場を思えば、しかたがありません。でも、あの家で私を『柳家の娘《むすめ》』として扱《あつか》ってくれたのは、ほかならぬお姉さまですから」

幼い自分が『姉』と呼んでも拒否《きょひ》されることはなかった。

自身が学びを大切にする人だったから、『そんなことも知らないなんて恥《は》ずかしい』と必要な知識を身につける機会を与《あた》えてもらうこともできた。

「あの夜だって、私を見捨てることもできたんです。そうすれば、危ない目になどあわなくてすんだのに」

「あの夜……前に言っていた上元節のことか」

はい、と首肯《しゅこう》した木蘭に、珀狼がじっと視線をむけた。

「それで思いだしたが、もしかしておまえは、三年前のあの晩、破落戸《ごろつき》に拐《かどわ》かされそうになっていた異国の娘か？」

「え？　――あ、はい、おそらく」

思いがけない珀狼の言葉に、意表を衝《つ》かれる。

「覚えて、いらしたんですか？」

「あのあと、西域の商人か芸人の娘がからまれていたところにいきあったのを思いだした」

あのころは今よりも髪《かみ》の色が明るく、ペルシア人の母親に近い風貌《ふうぼう》をしていた。ぱっと見はそう見えてもおかしくない。

「……あの時、最初に私を助けてくれたのが、姉だったんです。私の手をひいて一緒《いっしょ》に逃《に》げて」

木蘭はあの時握《にぎ》られた手へ視線をおとし、ゆっくりと握りこんだ。

「冷たく見えるかもしれませんけど、尊敬できる方なんです」

そう健気《けなげ》に微笑《ほほえ》むさまを、珀狼は思案げに見下ろしていた。

はあ、と渡《わた》された水を一息に飲み干し、呂清が乱れた呼吸を整える。

「――とんだ目に、あいました」

「おちついたかしら？」

もう一杯《いっぱい》飲むかと白蓮が水差しを持ちあげてみせるが、大丈夫だと彼は首を横へ振った。

「これは、なんです？」

「言ったでしょう、酒よ」

「これが？」

なんでもないことのように返し、興味と警戒《けいかい》がないまぜになったような顔で白磁の杯《さかずき》をのぞきこむ呂清を視界の端《はし》に映しながら、白蓮は自分の杯を手にした。

口元へ持っていくとそれだけでむせ返りそうな酒気が香《かお》る。舐《な》めるように唇《くちびる》を湿《しめ》らせれば、ぴりっと刺激《しげき》が舌に走り、軽く口に含《ふく》んで呑《の》みこめば、かっと酒精が喉《のど》を灼《や》く。

冷たいのに、熱い。

その熱さが喉を滑《すべ》りおちていくのが、ありありと感じられる。

こんなものをなんの心構えもなく、いつもの調子で飲んだらむせ返って当然だ。

ほぉ、と酒気を逃《のが》すよう息を零《こぼ》した白蓮は、横顔に突《つ》き刺《さ》さる視線に小さく笑いを浮《う》かべた。

主従というのは似るのだろうか。それとも通じるものがあるからこそ、腹心の部下たるのか。彼のまなざしは、胸に残るあの『まなざし』と似て、痛いくらいにまっすぐだ。

その強さに押される形で、白蓮は種明かしを口にした。

「これは酒を蒸留器にかけたものよ」

「酒を蒸留器に？」

「そう、今は水を沸《わ》かして湯気で薄荷《はっか》を蒸《む》らしているけれど、これは酒だけを直《じか》に沸かしたの」

酒精というのは、水よりも早く蒸発する性質がある。それを冷やして集めることによって、より酒精の濃い酒ができあがるのだ。

これは薄荷のように収穫《しゅうかく》の時期や量に左右されないため、やりやすい実験だった。

「薄荷を使った実験には時がかかるとわかっていたから、あらかじめ用意しておいたのよ」

「……この実験を見せてくだされればよかったのでは？」

「時がかかるのには変わりないわ。それに」

若干恨《じゃっかんうら》めしげな目つきになった呂清に、白蓮は言葉を切ると綺麗《きれい》に笑顔《えがお》を作った。

「驚《おどろ》かせられないでしょう？」

してやったり、とばかりのそれらに、呂清が苦笑《くしょう》する。

「ご満足いただけましたか？」

「ええ、楽しませてもらったわ。——あちらもそろそろね」

いい笑顔のまま頷《うなず》いた白蓮が房《へや》を振り返って立ちあがる。

炉《ろ》へと歩みよると、受ける方の瓶《びん》を台座からはずし、差しこまれていた注ぎ口をそっとずらす。——と、細い口から、ぽたり、と水滴《すいてき》がおちた。

「これが、薄荷の成分が溶《と》けこんだ水、ですか」

横合いから呂清が手元をのぞきこんでくる。

その近さにどきりとして、かすかに手が揺《ゆ》らぐ。

よかった、と白蓮は密かに胸をなでおろした。

注ぎ口から瓶を離《はな》していたおかげで変に音をたてずにすんだ。音をたててしまったら、それに煽《あお》られてますます動揺《どうよう》してしまいそうだ。

「そこからすくいとってみるといいわ」

さりげなく場を空けるように身体《からだ》を横へ一歩ずらす。

「ただし、間違《まちが》っても口にはいれないことね」

「おや、今度は注意をくださるんですね？」

からかうような声色《こわいろ》に、白蓮は軽く肩を竦《すく》めた。

「舐めてみたいのなら、お好きにどうぞ」

下手をすると、酒よりも痛い目をみるだろう。

そこまで言われるとさすがに試《ため》す気にはならないのか、呂清は注ぎ口に溜《た》まっていた雫《しずく》を指先ですくいとると、唇ではなく鼻先へと近づけた。動きが慎重《しんちょう》なのはさっきのことがあるからだろう。

そうでなくてもあれは触《ふ》れるだけで、ひやりとした――いや、冷たさをとおりこし、じんじんするくらいの刺激があるはずだ。

「ッ、これ、は…っ」

くん、と嗅《か》いだ瞬間《しゅんかん》、呂清が仰《の》け反るように指から顔を背《そむ》けた。刺激臭《しげきしゅう》が鼻を刺したらしい。

覚えのある感覚に、自分まで鼻の奥が痛くなった気がして白蓮は眉《まゆ》をよせた。あたりには芳《ほう》香《こう》が漂《ただよ》っているから、なおさらだ。

「……たしかに、これは強烈《きょうれつ》ですね。触れただけでも、熱いというか、痛いというか」

指先を擦《す》りあわせた呂清が感心したように呟《つぶや》く。

「若干ヌルっとした感触《かんしょく》がある……これは、油？」

「どうもその油分に成分が凝縮《ぎょうしゅく》されているようね」

用意しておいた濡《ぬ》れた布をさしだす。身体に悪い成分ではないが、なにごともすぎれば毒になる。もっとも、拭《ぬぐ》ったところで簡単には刺激はとれないが。

礼を言って濡れ布巾《ぶきん》で手を拭った呂清が、まじまじと指先を見つめた。

「今度は指先が冷たく……これといい、さきほどの酒といい、西域にはこのような技術があるんですね」

「――これらは黄金や万能薬《ばんのうやく》を作りだそうとした副産物だけれど、錬丹術《れんたんじゅつ》にもそういうものがないではないわ」

「錬丹術に？　新たな薬効のある植物を見出《みいだ》した、とか？」

怪訝《けげん》そうな呂清に、なるほど、とつい苦笑が浮かんだ。錬丹術が仙丹《せんたん》――不老不死の薬を作りだそうとしている点から考えると、そう思うのも無理はない。

「どちらかというとそれは医師の領分ね」

たしかに、方士と医師の境界は曖昧《あいまい》な部分がある。医師のすくない地方へいけば、方士がその役目を務めていることもあると聞く。

しかし、仙人などという人知を超《こ》えた存在になるための薬の作り方が、普通《ふつう》であるはずがない。

「仙丹を作るには辰砂《しんしゃ》や汞《みずがね》を使う――らしいけれど、ほかにもさまざまな鉱物を化合したりするそうよ」

「……それは、口にしていいものなのですか？」

呂清が眉を顰《ひそ》めるのに、同意しかない。が、それを代々の皇帝《こうてい》が求めてきたのもたしかだ。

そして今なお、長寿《ちょうじゅ》を求める人々に支持されている。

「さあ？　ただ、この国にも方士に仙丹を作らせた結果、『身体を残したまま、魂《たましい》が抜《ぬ》けでて仙人になられた』皇帝が幾人《いくにん》かおられるわ」

「……」

呂清の顔にはありありと『死んだ、ということでは？』と書かれているが、歴史書にそう記されているのだから、そうなのだろう。

「話がずれたわね。——そうした試行錯誤《さくご》を繰《く》り返す歴史の中に、化合がうまくいかず炉から炎《ほのお》が噴《ふ》きあげて家が瞬《また》く間に燃えた、炉が突然《とつぜん》激しい音とともに四散した、という話がでてくるの」

「炎が噴きあげる……炉が四散する……」

「錬金術師たちが金や万能薬を作りだそうとした過程で、めっきの技術や蒸留法を編みだしたように、方士たちは仙丹を作りだそうとする過程で、激しく燃えあがる薬物を生みだしたのよ」

そう告げた刹那《せつな》、呂清の双眸《そうぼう》が、ギラリ、と火明かりを返して輝《かがや》いた。

「……っ」

「なるほど、目的が似ているだけあって、同じようなことが起こるのですね」

一瞬息を呑んだ白蓮は、しかし、次の時にはいつもどおりの笑みが浮かべられていた面《おもて》に、炎の見せた錯覚《さっかく》かと目をしばたかせた。

「ちなみに、その方法もご存じなのですか？」

「……さすがにそこまでは知らないわ」

否定の意とあわせ、よぎったものを振《ふ》り払《はら》うように首を左右にした。

「方士のだれもが知っているわけではないし、知っている者は知っている者で易々《やすやす》と外へは漏《も》らさないでしょう。なにより——」

白蓮は手にしたままだった瓶を台座へと戻《もど》した。すべての成分が湯気に溶けきるにはもうすこし時間がかかるだろう。

「こうして試してみるわけにはいかないでしょう？」

曖昧な知識で、いきなり炎が噴きあがったり、炉が四散するような実験をやってみる、というわけにはいかない。房のひとつですめばいいが——よくはないが——邸《やしき》が燃えたら一大事だ。せっかく集められた書物が灰になってしまう。

白蓮の言い分に、たしかに、と呂清があいづちを返す。

「残念です。ご存じならそちらも教えていただきたかったんですが」

それにしても、と呂清は卓《たく》に並べられた道具類を見渡《みわた》した。

「貴妃は錬金術を手がけて、どうされたいのですか？」

「え？」

唐突《とうとつ》に問われ、虚《きょ》を衝《つ》かれる。

「単なる興味？　それとも、金や万能薬をその手で生みだしたいと？」

こちらへと身体ごとむき直った彼の目に揶揄《やゆ》する色はない。所詮《しょせん》女が、と莫迦《ばか》にする気配もなく、ただ純粋《じゅんすい》に関心があるだけだ。

「――まだ見たことのない世界が、景色が見たい。それだけよ」

だからこそ、白蓮も誤魔化《ごまか》すことなく答えていた。

「わたしは黄金や万能薬を作りだそうとする崇高《すうこう》な志など持っていないし、仙人になるための修行《しゅぎょう》にとり組む真摯《しんし》さもないわ。どちらかといえば、夢物語だと思ってる」

そうした人々を否定する気はないが、彼らの主義主張に迎合《げいごう》するつもりもない。

「けれど、追い求める過程でこうして生まれるものがある。それは確実に世界を変える」

その一端《いったん》でも垣間見《かいまみ》たい。そして、できたら……。

「……いつか、ささやかでも自分だけの世界を見ることができたら」

密《ひそ》かに胸に灯《とも》した熱に浮《う》かされるように言葉を紡《つむ》いでいた白蓮は、こちらを見つめる双眸と目があい、我《われ》に返った。

気恥《きは》ずかしさを払うように、小さく咳払《せきばら》いをする。

「そう思っているだけよ」

「いえ、お気持ちはわかります」

肯定《こうてい》されると、ますますらしくないことを語ってしまったと居たたまれず、白蓮はふいっとそっぽをむいた。

この間といい、彼といると調子が狂《くる》う。

「わからないのは……」

「？　どうか、ッ」

独り言のようにおとされた呟きに、どうかしたのかと顔を戻した白蓮は、前触《まえぶ》れもなく伸《の》びてきた手に声をつまらせた。

びくっと肩《かた》をひいたのもかまわず、長い指が耳元に添《そ》えられたかと思うと、

「あなたのこの目には、なにが見えているのでしょうね」

親指が柔《やわ》らかに目尻《めじり》をなでた。

「な、に――」

「どれほど色鮮《いろあざ》やかな世界が広がっているのか……」

まるで、この目に映る世界を垣間見ようとでもするように、瞳《ひとみ》をのぞきこまれる。

そのまなざしに、息を呑《の》む。

艶《つや》めく瞳に、逆に吸いこまれそうになる――

「――っ」

いけない！　とかろうじて働いた理性で、白蓮はパシリと添えられた手を払った。

「……目、に映るものに、変わりはないでしょう。見ているものが、違《ちが》うだけで」

喉《のど》から声を絞《しぼ》りだし、呂清の手を払った掌《てのひら》をぐっと握《にぎ》りこむ。

危ない。もうすこしで、呑みこまれてしまいそうだった。

彼の瞳か、心か、呂清という存在にか……。

その『なにか』を追えば深みにはまりそうで、白蓮は感情を払うように頭《かぶり》を振った。

「──こちらのことばかりではなく、たまにはあなたの話も聞かせてもらいたいものだけど」

「おや、陛下ではなく私に興味が？」

苦しまぎれに話題の矛先《ほこさき》を呂清へむければ、「嬉《うれ》しいですね」とまったく思っていなそうな平らかな声が応《こた》える。

彼からさきほどの雰囲気《ふんいき》が消えたことにほっとしながら、慎重《しんちょう》に言葉を選ぶ。

「あなたに、というより、あなたの国に、ね。西域の国々からは陸路で商人がやってきたりもするけれど、そちらの国からはせいぜい数年に一度使節が訪《おとず》れる程度。以前から、話を聞いてみたいと思っていたわ」

その点はまぎれもない事実だ。

視線を戻し、本人を前にしてきっぱり否定した白蓮に、さすがに呂清の表情に苦笑《くしょう》の色が滲《にじ》んだ。

「そちらも残念です。ですが、ご所望《しょもう》とあればいつでもお話しいたしますよ」

「では、次があるならお願いしようかしら」

そう約とも言えない約を交《か》わし、その夜はお開きとなった。
が――その約がはたされる時がくることは、ついぞなかった。

⚖

「なにがありました？」

かけられた声に、物思いに耽《ふけ》っていた珀狼ははたと意識をひき戻し――ふっと口元を緩《ゆる》ませた。

「それはこっちの科白《せりふ》だ」

顔が怖《こわ》いぞ、と指摘《してき》すれば、おちあい場所へ先にきていた呂清は、主《あるじ》の姿をとっくり眺《なが》めたあと、肩の力を抜《ぬ》くように息を吐《は》きだした。

「……すこし、気になることが」

「奇遇《きぐう》だな。俺もだ」

たしかめることができた、と告げながら、いくぞ、と顎先《あごさき》で促《うなが》す。

「だいぶ、ここの者たちも溜《た》めこんできてるようだな」

「そのようですね」

わかっているのならいつまでこんなことを続ける気か、と咎《とが》める視線を送ってくる呂清に、珀狼は片笑《かたえ》んだ。

「まずは、そっちの気になることとやらを聞かせてもらおうか」

「──あなたは、本当に」

つきあわされるこちらの身にもなってください、と呂清は嘆息《たんそく》をおとした。

第四章　木下闇《このしたやみ》に潜《ひそ》む影《かげ》

その日は初夏の気候をとおり越《こ》し、暑いくらいだった。

おまけに風もなく、淀《よど》んだ空気がまとわりつくような不快さだ。扇《おうぎ》で煽《あお》いでみても、ぬるいばかりで涼《りょう》を得るにはいたらない。

「――池の奥にある四阿《あずまや》へよっていくわ」

いつもどおり散策にでたものの、汗《あせ》ばむ陽気に辟易《へきえき》した白蓮《びゃくれん》は、供の侍女《じじょ》たちに告げ、菊花《きっか》殿《でん》の方へと足のむきを変えた。

例の首飾《くびかざ》りの騒動《そうどう》もあり、菊花殿に近づくことにいい顔をしない者もいたが、暑さにまいっているのは同じなのだろう。結局制止はあがらなかった。

方向転換《てんかん》した際、視界にはいった最後尾《さいこうび》に従っていた木蘭《もくらん》は、驚《おどろ》いたように動きを止めたあと、慌《あわ》ててあとを追ってきた。

「貴妃《きひ》さま、そろそろ散策はお止《や》めになった方がよろしいのではありませんか？」

こちらの身を案じているのか、これからの日ざしの中つきあわされるのはたまらないと思っているのか、侍女の呈《てい》した進言に、それもそうかもしれない、と緩く扇を煽ぐ。

掖庭宮《えきていきゆう》内は概《おおむ》ね見て回った。ここは季節の変化を楽しむように造られているが、これからの気候は歩き回るにはむかない。するとしても、朝早くなど刻限を選ぶべきだろう。

そろそろ菊花殿にさしかかろうかというころ、侍女の一人が思わずといった風情《ふぜい》で声をあげた。

「──あ」

暑さと考えごとでどこか上の空で歩いていた白蓮は、なにかあったかと瞬《またた》いた。視線の先に、そそくさと菊花殿の中へと消えていく人影が見える。

ちらりと声のした後方をうかがうと、侍女が忌々《いまいま》しげに人影のあった方を睨《にら》みつけている。どうやら、桑充媛《そうじゆうえん》──夕麗《ゆうれい》か、あの騒動の際に見覚えのある者がいたようだ。

──そういえば、彼女もだけど、淑妃《しゆくひ》も全然見かけなくなったっけ。

あの騒動をひき起こした夕麗はもちろん、踊《おど》らされた形の梨雪《りせつ》もまた、あれ以来顔を見せなくなった。梨雪にいたっては、壺《つぼ》の件では返り討《う》ちにされた上、意趣返《いしゆがえ》しとばかりに乗りこんだ薔薇殿《そうびでん》でさらに恥《はじ》をかかされたのだから、当然といえば当然かもしれない。

ほとぼりの冷めたころにまた突《つ》っかかってくるかもしれないが、おとなしくしていてくれるのはありがたかった。

木蘭への嫌《いや》がらせがなくなったわけではないが、先の二件が意図せず牽制《けんせい》になったのか、あれ以降面倒《めんどう》事は起こっていない。

白蓮は素知らぬそぶりで菊花殿の脇《わき》を抜けると、池にそって敷《し》かれた小路《こみち》をたどって四阿へと足を踏《ふ》みいれた。

水辺、というだけで幾分涼《いくぶんすず》しかったが、木立の中にはいるとひんやりとした空気が身を包む。火照《ほて》った身体《からだ》に心地《ここち》いい涼しさに、ようやくほっと息をつく。

ここですこし休んでいこう、と白蓮が四阿に置かれている牀《しょう》へ腰《こし》をおろそうとした時、

「きゃっ」

一人の侍女が四阿の手前で大きくよろめいた。

「危ない！」

うしろを歩いていた木蘭がとっさに支え、転倒《てんとう》することはなんとか免《まぬが》れる。

「ぁ、ありがとう、ございます」

侍女が動悸《どうき》を鎮《しず》めるように胸に手をあてながら礼を言う。

木蘭はといえば、「怪我《けが》がなくてよかった」と返しつつも、しきりに足元を気にしている。

「どうしたの」

問うた白蓮に、木蘭は小さく首を捻《ひね》りながらその場に膝《ひざ》を折った。

「いえ、ここのところの石がすこし浮《う》いていて……」

小路に敷きつめられた掌ほどの石へと手をかける。さほど力をこめたわけでもなさそうなのに、ぐっと持ちあがった石は、たしかにはずれていたらしい。

「まあ、危ない。貴妃さまが足をとられていたら、怪我をされていたかもしれないわ」

「本当、管理はどうなっているのかしら」

眉《まゆ》を顰《ひそ》めた侍女たちが、管理不行き届きだ、役人に注意しなくては、とさえずる中、

「——あれ？」

石の下をのぞきこんだ木蘭が声をあげた。

「なにか、埋《う》まって……」

「お止めなさい。そんなものは内侍官《ないじ》に任せておけばいいでしょう」

石をどけ、素手《すで》で土を除《よ》けはじめた妹へ、白蓮もまた眉をよせた。

だが、言う間にも、木蘭はなにかを土の中から掘《ほ》りだしていた。

「これ、は——？」

掌《てのひら》にのるほどのソレは土で汚《よご》れてはいるが、布で包まれたあきらかに意図的に埋められたものだ。布の汚れ具合からしても、さほど前に埋められたものではないだろう。

「なんでこんなところに、こんなものが……」

訝《いぶか》しげに木蘭が包みを解く。

「！　な…ッ」

直後、大きく肩《かた》を揺《ゆ》らし、息を呑《の》む。

拍子《ひょうし》に、とりおとされたソレが、カツン、と乾《かわ》いた音をたてて石畳《いしだたみ》を跳《は》ねた。ハッと伸《の》ばさ

れた木蘭の手を逃《のが》れるように四阿へ跳《と》びこみ、カラン、と白蓮の足元へと転がる。

それは掌ほどの木片《もくへん》だった。

人を象《かたど》ったような形に、白蓮は目元を険しくした。

「貴妃さま⁉　お止めください、お手が汚れます！」

侍女たちが止めるのもかまわず、木片を拾いあげる。手の中でひっくり返し――あげそうになった声をかろうじて呑みこんだ。

「お姉さま」

「――人払《ひとばら》いを。木蘭と二人にして」

硬《かた》い声に呼ばれ、白蓮はさっと木片を握《にぎ》りこむと、侍女たちへ視線を巡《めぐ》らせた。

「え？　しかし、」

「早くなさい」

「は、はい……」

戸惑《とまど》う侍女たちへ再度強い調子で命じれば、慌てた様子で四阿を立ち去っていく。彼女たちの姿が完全に消えたところで、白蓮は目顔で木蘭を傍《そば》へと呼んだ。

「――見たのね？」

短く問う。強張《こわば》った表情で頷《うなず》きが返った。

「陛下の御名《みな》が……李《り》珀狼《はくろう》、と」

白蓮は重く息を吐き、握っていた手を解いた。

現われた木片には、黒々とした墨《すみ》で『李珀狼』と記されている。

「てっきり、あなたの名でも書いてあるのかと思ったけれど、まさか陛下の御名が書かれているなんて」

「あの、これは……？」

たずねたものの、感覚的によくないものだとわかっているのだろう。顔つきは硬いままだ。

白蓮はまっすぐ榛色《はしばみいろ》の瞳《ひとみ》を見返した。

「呪物《じゅぶつ》よ」

「じゅ…っ!?」

ぎょっと見開かれた双眸《そうぼう》が、緩慢《かんまん》な仕草で木片へと移る。

木人――木の人形に、呪《のろ》いたい相手の名を書きつける。そうすることで、呪いの対象に見立てるのだ。そして、見立てた木人に呪文などを唱え、呪力をこめる。

だが、それだけでは呪詛《じゅそ》は完成しない。

「どうしてそんなものが、こんなところに埋まって……」

声を震《ふる》わせる木蘭に、白蓮は努めて冷静に告げた。

「ここであなたと会っているからでしょう」

「え？」

「対象者が力の及《およ》ぶ範囲《はんい》にはいらなければ、呪詛は発動しないものだと聞くわ」

だから、皇帝《こうてい》が通るであろう小路に埋められていたのだ。

「どう、して」

「呪ったのか？　それは仕掛《しか》けた者にしかわからないことね。愛憎《あいぞう》は紙一重《かみひとえ》、とも言うくらいだから」

「そうではなくて！」

驚《おどろ》いたようにこちらを見つめていた木蘭が、ふいに声を荒《あら》げた。

「いえっ、もちろん、そちらも見過ごすわけにはいきませんけど――知って、おられたんですか？　ここで……」

「ああ、あなたが陛下とお会いしていたこと」

言いづらそうに切られた言葉の先を継《つ》いでやる。気まずげにそらされた顔が、肯定《こうてい》を表していた。

「むろん、知っていたわ。――首飾《くびかざ》りの騒動《そうどう》の折、あなたはあきらかになにかを隠《かく》していた。薔薇殿の主人として、把握《はあく》しておかないわけにはいかないでしょう」

「見張らせていたんですか……？」

問いかけに肯定も否定も返さず、

「夜ごと出歩くあなたを不審《ふしん》に思う者は、ほかにもいたかもしれないわね」

暗に、気づいた者はほかにもいただろう、とほのめかした白蓮に、木蘭はぐっと顎《あご》をひいた。

自分の行動がこの結果を招いてしまった、とでも思っているのかもしれない。

「これがいつから埋められていたのかはわからないけれど、この湿《しめ》り具合や墨の滲《にじ》みからしてさほどの時は経《た》っていないはず。幸い、陛下が体調を崩《くず》されたという話も耳にはいっていないわ。あとは内侍官らに任せて、」

「任せてって……待ってください！　このまま放《ほう》っておくんですか？」

勢いよく顔をあげた木蘭が、縋《すが》るようにつめよってくる。

「放っておくとは言っていないでしょう。内侍官に任せればよい、と言っているだけで」

「同じことです。あの人たちは、自分の地位を守ることや私腹を肥やすことばかりに熱心で、珀狼さまを軽《かろ》んじて……そんな人たちにとても任せられません！」

常に気を配っている必要があった柳《りゅう》家にいたころの習い性《しょう》か、さすがによくまわりを見ている。

たしかに内侍官——宦官《かんがん》は皇帝を、いや珀狼を敬ってはいない。

宦官は官吏《かんり》ではあるが、高い地位を有していないし、どれほどのぼりつめても正四品の位も得ることはできない。あくまで、皇帝の『私』に関《かか》わる立場なのだ。

だが、傍近くに侍《はべ》り、信頼《しんらい》を得ることで、皇帝の意の取り次ぎ役という名目で『公』に関わることができる。朝廷《ちょうてい》に対して政治的手腕《しゅわん》を振《ふ》るうことも可能になるのだ。

そんな宦官たちに必要なのは意のままに操《あやつ》れる皇帝であって、いっこうに後宮に現われない、傍近くにもよることができない皇帝ではない。

侍女《じじょ》という名目上、木蘭は白蓮よりも宦官と接する機会も多い。その中で、後宮内にも広がる腐敗《ふはい》をいやが応でも目にしてきたのだろう。

いや、朱禅《しゅぜん》のように他の妃嬪《ひひん》についた宦官たちに、嫌《いや》がらせのひとつやふたつされていてもおかしくない。

が、白蓮にとって重要なのはそんなわかりきったことではなく——

「——珀狼さま、ね」

白蓮の指摘《してき》に、木蘭がはっと唇《くちびる》を押さえた。

今、彼女は、陛下、ではなく、名を口にした。

常日頃《つねひごろ》から呼び慣れていなくては、とっさに口走ったりはしない。つまりは、そういうことだろう。

「っ、違《ちが》うんです！」

木蘭が顔を青ざめさせて頭《かぶり》を振《ふ》った。

「これにはわけが…っ、私は」

「あなたが陛下とどのような関係であろうと、わたしには関係ないわ」

言い募《つの》る木蘭をぴしゃりと遮《さえぎ》る。それより、と色のないまなざしで揺らぐ榛の瞳を見据《みす》えた。

「彼らには任せられないというのなら、どうするつもり？」

「そ、れは……」

「あなたが代わりに犯人を見つけるとでも？」

できっこないだろう、と畳《たた》みかければ、木蘭はぐっと押し黙《だま》った。

これ見よがしに嘆息《たんそく》して、白蓮は踵《きびす》を返した。

「ともかく、これは内侍官に」

「──わかりました」

渡《わた》しておく、と皆《みな》まで言う前に、決意のこもった声に遮られる。

白蓮は足を止め、肩越《かたご》しに振り返った。

「それは、あなたが犯人を捜《さが》すということ？」

「珀──陛下のお命を狙《ねら》う者を、このままにはしておけませんから」

「ほかの妃嬪たちの反感を招くことになっても？」

ただでさえ目をつけられている状態で、彼女たちを疑うような真似《まね》をしたらどうなるかは火を見るよりもあきらかだ。

一瞬《いっしゅん》たじろいだ木蘭は、しかし決然と顎をひいた。

「お姉さまには、その、ご迷惑《めいわく》をおかけしてしまうかもしれませんが……」

むろん、こちらにも火の粉は飛んでくるだろう。

しかし、この実直さが彼女の良さだということも、よく知っていた。

――……危なくなったら、陛下が力を貸すわよね。

しかたがない、と白蓮は手にしていた木片《もくへん》を木蘭へとさしだした。

「そう、ならば好きにしたらいいわ」

「！　いいんですか？」

「自分で言いだしたことでしょう。――ただし」

目を瞠《みは》った木蘭に呆《あき》れた息をついて、顔を戻《もど》す。

「このことは内侍官には報告します。陛下を狙う者がいるとわかった以上、ここだけの話にはできないわ」

皇帝がどうやって後宮内の出来事を把握しているのかは知らないが――おそらくは子飼いの者を潜《ひそ》ませているのだろう――注意喚起《かんき》のためには事実を周知する必要がある。

「ありがとうございます！」

なにに対する感謝か、よこされた礼を背中で聞き、白蓮は小路《こみち》をひき返した。

それにしても、と四阿《あずまや》の方をうかがう。木人の埋《う》められていた場所を調べているのか、しゃがみこんでいる木蘭に目を細めた。

「珀狼さま、か」

いつのまにか名で呼びあうような間柄《あいだがら》になっていたらしい。この分なら、順調に仲を深めているのだろう。

「……」

そう、望んでいた。そのために、仕掛けさえした。

なのに浮《う》かぶ自嘲《じちょう》めいた笑いに、唇が歪《ゆが》んだ。

「──大丈夫《だいじょうぶ》」

最初からわかっていたことだ。あの『眼《め》』が自分を見ることがないことは。

己《おのれ》が柳白蓮であるかぎり。

「ちょっとした若気の至りよ」

あの日から胸に宿った、この淡《あわ》い色に名をつけるなら、その一言ですむ。

「大丈夫。あの子が叶《かな》えてくれるわ」

物語に夢見て、託《たく》したこの想《おも》いは──。

だから自分は、ただ柳白蓮にふさわしくあればいい。

浮かびあがった想いを沈《しず》めるように胸に手をあてる。──と、違うものでありながら、同じ鋭《するど》さをまとった『まなざし』が脳裏《のうり》をよぎった。

あの『まなざし』とも、もう会うことはないのかもしれない。いや、こうなった以上、かもしれない、ではなく、ないだろう。

もともと後宮《こ こ》にいるはずのない――いてはいけない人物だったのだ。いくら腐敗しているとはいえ、呪詛《じゅそ》などという騒《さわ》ぎが起こった以上、門衛も本来の職務を思いだすだろうし、彼も迂《う》闊《かつ》な真似は控《ひか》えるだろう。

「――あの国の話を聞くの、楽しみにしてたんだけどな」

その呟《つぶや》きは、だれにも拾われることなく、たちのぼる陽炎《かげろう》へと溶《と》けていった。

⚖

「じゅ、呪詛!?」

白蓮の指示でやってきた宦官に木人の件をきりだせば、彼は零《こぼ》れおちんばかりに目を見開き、ひっくり返った叫《さけ》びをあげた。

響《ひび》き渡った『呪詛』の一言に、控えていた侍女たちがいっせいにざわつく。その顔が青いのは、実際の現場に立ちあっていたせいだろう。今さらながらに知らされた事実に、今にも倒《たお》れんばかりに震《ふる》えている者もいる。

「そ、それはたしかなのですか？」

「わたくしが嘘《うそ》をついているとでも？」

「め、滅相《めっそう》もございません！　しかし、まさか、そのようなことが……」

こちらも顔を青ざめさせ、言葉をなくす。

「こんなところで立ちつくしていないで、上へ報告するなりなんなり、やるべきことがあるのではなくて？」

白蓮の冷めた瞳《ひとみ》に、宦官《かんがん》が我《われ》に返る。

「そ、そうですな、急ぎ報告しなくては…っ」

失礼いたします、と慌《あわ》てて立ち去っていく男は、よほど頭が回っていないらしい。

「呪物を確認《かくにん》しようともしないなんて」

呆れ気味に呟く。問われたところで手元にはないが、普通《ふつう》は然《しか》るべき対処を施《ほどこ》すために回収しようとするものだろう。

朱禅では信用できなかったため、別の者を呼んだのだが、いまいち不安が残る。

とはいえ、事実を周知する、という意味ではおおいに役にたったらしい。

あちこちで声高《こわだか》に喧伝《けんでん》して回ったようで、皇帝《こうてい》に呪詛が仕《し》掛けられたという事実は、あっという間に後宮中に広まった。

あとは上を下への大騒《おおさわ》ぎ——とは裏腹に、表面上はかえって水を打ったように静かになった。

代わりに、張りつめたピリピリとした空気が肌《はだ》を刺《さ》す。

自分の住まう場所のどこかに呪詛を仕掛けた者がいる、と疑う一方で、犯人だと疑われているのではないか、と怯《おび》える。

そんな疑心暗鬼《ぎしんあんき》が後宮内を覆《おお》っていた。

呪詛の件が広まってから、ほとんどの者は自分たちの宮殿《きゅうでん》に閉じこもっている。しかたなく出歩く者たちもうつむきがちで、どこか足早だ。


「一体、どういうことですの!?」


そんな雰囲気《ふんいき》の中、堂々と怒鳴《どな》りこんできた梨雪に、ある意味感心する。

「……どういうこと、と言われてもわかりかねますけれど」

開口一番叫んだ梨雪に、思いあたる節がありつつ白蓮は冷静に切り返した。説明を、と暗に求めれば、彼女は眦《まなじり》を吊《つ》りあげた。

「あなたの妹のことですわ！」

やはりそのことか、とでそうになった溜息《ためいき》を呑《の》みこむ。

「私が犯人だとでも言いたいんですのっ？　無礼にもほどがありますわ」

呪詛の痕跡《こんせき》を見つけた木蘭がまずとりかかったのは、菊花殿を訪《たず》ねることだった。

墨《すみ》の滲《にじ》み具合から考えて、埋《う》められたのは雨の日やその翌日ではないだろうと当たりをつけ、それ以降木人が発見されるまでの間に小路を通りかかった者を見ていないか、と聞きにいったのだ。

以前、同じような理由で窃盗《せっとう》の疑いをふっかけた木蘭がそんなことをたずねたものだから、仕返しのつもりか！　と夕麗は激怒《げきど》したらしい。

さもありなん。

呪殺の企《くわだ》ては、いまだに猫《ねこ》を毛嫌《けぎら》いするほど呪術が身近にあるこの国においては、重罪だ。良くて流罪《るざい》、下手をすると死刑《しけい》が科せられる上、場合によっては一族郎党《ろうとう》が関係者と目され連座して処罰《しょばつ》される。

陥《おとし》れたい者を、呪殺を企てたと讒言《ざんげん》し、罪人に仕立てあげることもあるくらいだ。疑いをかけられるだけでも不名誉《ふめいよ》ではすまない事態になりかねない、という意味では彼女たちの怒《いか》りはもっともだろう。

——もっともなんだけど、わたしに言われてもね。

早速《さっそく》飛んできた火の粉に、やれやれ、という気分だ。

「いきなりやってきたかと思えば、これに心当たりがあるか、だなんて…っ」

聞き及《およ》ぶかぎり、どうやら木蘭は妃嬪《ひひん》たちを訪ね歩き、例の木人を見せているようだ。そのことを思いだしたのか、梨雪は嫌悪《けんお》を露《あら》わにした。

「——心当たりがないのであれば、いきりたつ必要もないでしょう」

「なんですって？」

「別にあの子はだれかを犯人に仕立てあげようとしているわけではないわ。そう感じるのは、彼女に対してやましいところがおありだからでは？」

「――っ」

白蓮の指摘《してき》に、梨雪がぐっと黙《だま》りこむ。ただ、図星を突《つ》かれたから、ではなく、憤激《ふんげき》のあまり声がでないからだと、真っ赤になった顔が物語っていた。

「ともかく。あの子の行動を内侍《ないじ》官が咎《とが》めないのなら、それは陛下が黙認《もくにん》されているということ。違《ちが》うかしら？」

陛下の意向に逆らうのか、と告げれば、怒りに染まった顔が大きく歪む。梨雪は苦々しくこちらを睨《にら》みつけると、

「姉妹揃《しまいそろ》って不愉快《ふゆかい》だわ！」

言い捨て、足取りも荒《あら》く去っていく。

それを見送って、扇《おうぎ》の下でふぅ……と息をつく。

木蘭の行動を皇帝が黙認しているかなど、実のところ知るよしもないが、うまく誤魔化《ごまか》されてくれたようだ。

「――次は、だれかしら」

梨雪と同じことをほかにもしているなら、妃嬪本人でなくても――さすがに貴妃に面とむかって文句を言えるのは、同じ夫人たちくらいだろう――宦官をとおして苦情がきてもおかしくはない。

木蘭自身が余計な恨《うら》みを買うことにならないといいが……と案じていた白蓮だったが、次のそれは思わぬ方向からやってきた。


午を過ぎたころ、訪ねてきた宦官の言葉に、白蓮は耳を疑った。

「陛下が、わたくしを？」

「はい。柳貴妃をお召《め》しです」

思わず聞き返すが、応《こた》えは変わらない。

「……木蘭ではなく？」

「彼女は貴妃ではございません」

信じがたい思いで零れた独り言めいた呟きにも律儀《りちぎ》に返される。

「では、また夜にお迎《むか》えにあがります」

刻限を告げ、宦官が立ち去ったかと思うと、薔薇殿はそれこそ上を下への大騒ぎとなった。

なにせ、後宮が開かれて以降、皇帝がどこかの宮殿を訪《おとな》ったこともなければ、自らの房《へや》へと妃嬪を喚《よ》んだこともない。

それがここへきてはじめてのお召しだ。騒ぎにならないわけがない。

「ああっ、こうしてはいられませんわ。早く準備にとりかからなくては！」

どういう風《ふ》の吹き回しだ、と訝《いぶか》しむ白蓮をよそに、侍女《じじょ》たちは大わらわで準備にとりかかる。その顔には誇《ほこ》らしげに喜色が浮《う》かんでいる。はじめてのお召しが自分たちの主《あるじ》なのだ、はりきらないわけがない。

おまけに、何ヶ月も待ちぼうけを食《く》らったあとだ。こちらが口を挟《はさ》む隙《すき》を与《あた》えないほどに舞《ま》いあがっていた。

「わたしは、」

「さあさあ、時がありません。ご支度《したく》を」

まだ日も高いというのに、一刻の猶予《ゆうよ》もないとばかりに湯浴みへと促《うなが》される。主を磨《みが》きあげなくてはならない、という使命感に駆《か》られている面々に、内心逃《に》げ腰《ごし》になる。

しかし、さすがに数で攻《せ》められたら逃げられるはずもなく、湯殿《ゆどの》へと追いたてられるように足を運ぶ。

そこからは侍女たちのなすがままだった。

すべてが終わったころには、白蓮はぐったりと疲《つか》れきっていた。

——飾《かざ》りたてられないだけ、ましね……。

あとは——余計なことを考えずにすんだことだろうか。

準備万端、迎えがくるのを待つばかり、という段になり、じわじわと怖《おそ》れにも似た焦《あせ》りがこみあげてくる。気を回されたのか、室内に一人きりな分なおさらだ。

「夜、召されるっていうのは……そういうこと、よね？」

いつのまにか握《にぎ》り締《し》めていた掌《てのひら》に汗《あせ》が滲《にじ》む。にもかかわらず、指先は氷のように冷たかった。

後宮という場にいる以上、知識はある。だが、心がついていくかは別の問題だ。これが梨雪あたりなら、名誉《めいよ》なことだと喜ぶのかもしれないが……。

立場上ある程度覚悟《かくご》して入宮したはずだが、これまでの数ヶ月ですっかりどこかへいってしまったらしい、と一人苦笑う。

もうひとつ気がかりなのは、木蘭のことだった。

「わたしが召されたと知って、どう思うかしら」

あの大騒《おおさわ》ぎの中、薔薇殿へと戻《もど》ってきたはずだが、顔をあわせる機会はなかった。当然、白蓮が皇帝《こうてい》に召されたことは耳にはいっているだろう。

せっかく仲を深めていたのに、よりにもよって姉を召したと知って傷つかないだろうか。自分では分不相応だと、想《おも》いを閉じこめてしまわないだろうか。

「……そもそも、この状況《じょうきょう》でわたしを喚ぶってどういうこと？」

さまざまな不安が胸の中に渦巻《うずま》き、逆に腹立たしさへとすり変わっていく。

呪物《じゅぶつ》の件はすでに皇帝の耳には届いているはずだ。後宮がどういう状況にあるのかも、当然把握《はあく》しているだろう。

己《おのれ》のために木蘭が孤軍奮闘《こぐんふんとう》しているにもかかわらず、白蓮を召すとは。

「そこは相手が、」

違うでしょ、と呟《つぶや》きかけて、ふと閃《ひらめ》くものがあった。

もしかして……と思ったところで、「内侍官がまいりました」と外から声がかかる。

はっ、と反射的に立ちあがりかけ、おちつけ、と自らに言い聞かせる。

「――わかったわ」

白蓮は深呼吸をすると、今度こそ立ちあがった。

「こちらへ」

先導する宦官《かんがん》に従って、皇帝がいるだろう内廷《ないてい》へとむかう。後宮《ここ》へきてから、門を潜《くぐ》るのははじめてだ。

――今度潜る時は、外へでる時だと思ってたけど。

夜に沈《しず》んだ掖庭宮を、月明かりと先導の灯《あか》りを頼《たよ》りに進んでいく。道中、薄闇《うすやみ》のむこうから見えない視線を感じる気がした。

「やっぱり、これが目的？」

「？　なにかおっしゃいましたか？」

独りごちた白蓮に、宦官が振《ふ》り返る。なんでもないわ、と首を振って先を促す。

――わたしが喚ばれたってことは、もう後宮中に広まっているはず。

他の妃嬪と繋《つな》がっている宦官たちは、皇帝が貴妃を召したと知った時点で彼女たちへ情報を流しているだろう。そして、薔薇殿の侍女たちはそのことを隠《かく》しもしなかったはずだ。いや、言いふらしていても不思議はない。

呪詛《じゅそ》騒ぎの中、反感を募《つの》らせている木蘭から目をそらさせるために、あえて白蓮を召してみせる。

そう考えてみると、いかにもありそうだ。むしろ、しっくりくる。

白蓮の中でその考えが確信に変わったのは、案内された先が閨房《けいぼう》ではなく、中庭だった時だった。

「よくきたな」

月明かりの下でも美しく整えられているのがわかる庭先に卓《たく》が用意され、すでに人影《ひとかげ》が座していた。

「お召しとうかがい、参上いたしました、陛下」

「堅《かた》いことはいい」

払《はら》うように手を振ると、「まあ座れ」と気軽な様子で促してくる。宴《うたげ》の時とは雰囲気《ふんいき》が違うが、こちらが素《す》に近いのだろう。

「――失礼いたします」

なるほど、木蘭はこういう姿を目にしているのか、と思いつつ、白蓮は卓の角を挟んで腰《こし》かけた。

すかさず侍従《じじゅう》によって並べられた酒器は、玉《ぎょく》でできた杯《さかずき》だろうか。月の光を受けて、ほんのりと輝《かがや》いている。

「月見酒につきあってもらおうと思ってな」

葡萄《ぶどう》酒だ、と勧《すす》めてくる様子に、無意識のうちにこわばっていた肩《かた》から力が抜《ぬ》ける。この分なら、閨《ねや》に侍《はべ》ることにはならないだろう。

同時に、内心身構える。

葡萄酒は西域から伝わった酒だ。これをだしてきたのは、白蓮が西域に興味があることを知っている——つまり、呂清《りょしょう》から話は聞いている、という暗示だろう。

思ったとおり、呂清に話したことは皇帝へ筒抜《つつぬ》けになっているとみて間違《まちが》いない。

それを口ではなく、葡萄酒をとおして伝えてきた点に、力業《ちからわざ》で今の地位にあるわけではないのを感じる。

白蓮はおもむろに口元に笑《え》みを浮かべた。

「お気遣《きづか》いありがとうございます。——陛下におかれましては、ご健勝のこととお慶《よろこ》び申しあげます」

元気そうでなによりだ、と遠回しに伝えた白蓮に、あぁ、と得心したように皇帝は肩を竦《すく》めた。

「呪詛のことか」

あっさり核心《かくしん》を突《つ》いてきた彼に、首肯《しゅこう》する代わりに笑みを深める。

「見てのとおりだ。むしろ、医師たちに飲まされそうになった、おかしなものの方が具合が悪くなりそうだったな」

月明かりの下、はっきりと表情がうかがえなくとも辟易《へきえき》した様子が伝わってくる。

呪術は霊的《れいてき》な病という考えから、呪《のろ》いを解くことは治療《ちりょう》だとこの国では捉《とら》えられている。医学書をのぞくと、そのための薬が、またとんでもないものから作られていたりするのだ。

それを飲んだ方が具合が悪くなりそう、というのは頷《うなず》ける。

「――飲まれたのですか？」

「捨てた」

思わずたずねた白蓮に、端的《たんてき》すぎる答えが返った。

おそらく飲むふりでもして捨てたのだろう。呂清の言うとおり、そのあたりの警戒《けいかい》はぬかりないらしい――今回は医師の用意した、由緒正しい薬ではあるが。

「飲まないのか」

「はい？」

以前見た医学書を思いだし、こみあげてくる嫌悪感《けんおかん》をやりすごしていた白蓮は、ふいにかけられた声に目をしばたかせた。

薬のことが頭にあり、一瞬《いっしゅん》なんのことかわからずにいると、皇帝が杯を持ちあげる。

「別におかしなものははいっていない。普通の酒だ」

「あ、ええ」

やけに『普《ふ》通《つう》の』を強調してきたのは、毒などはいっていない、という意味か、呂清に飲ませた酒を指しているのか。

――多分、両方だろうな。

別に毒を警戒していたわけではないが、こう言われて口をつけないわけにはいかない。

手にした杯をのぞいてみれば、宵闇色《よいやみいろ》の中に揺《ゆ》らぐ月が浮《う》かんでいた。

「杯が夜空に満たされているようですね」

綺麗《きれい》だと素直に感嘆《かんたん》し、杯を口に運ぶ。

葡萄の芳香《ほうこう》と、深い渋《しぶ》みに溶《と》けこんだほのかな甘みが広がる。二、三度口にしたことがあるだけで、違《ちが》いがわかるほど飲んだわけではないが、美味《おい》しいと感じるのはさすがにものが上等だからだろうか。

うっかり量をすごして酔《よ》ってしまいそうだ、と杯を戻した白蓮の耳に笑い声が届く。

「そういうことも言えるのだな」

「――どういう意味でしょう」

詩的な物言いは似合わない、と言われているようで、わずかにむっとする。

「聞くのと実際に目にするのとでは違うものだ、と思っただけだ。──ずいぶんと博識だと聞いていたのでな」

笑いを含《ふく》んだ声が続けるが、言いつくろうというよりは、知識ばかりの情緒《じょうちょ》を解さない人間だとだめ押しされている気分になる。

いや、と軽く咳払《せきばら》いをして、苦い思いを振り払う。

柳白蓮として、あえて情緒的な面はださないようにしてきたのだ。上手《うま》く印象を操作できているということだ、これは。

「──聞く、とは、翰林《かんりん》学士殿《どの》からですか」

「それもあるが、主におまえの妹だ」

「木蘭から？」

気をとり直してあえて呂清のことに踏《ふ》みこんだ白蓮だったが、逆に木蘭のことを持ちだされ、驚《おどろ》く。

──ああ、でも、陛下と木蘭が会ってるのに気づいてるって、呂清は知ってるんだっけ。

実際、たいした反応を見せない白蓮を訝《いぶか》しがる様子もない。

とはいえ、木蘭が皇帝《こうてい》にそんなことを語っていたとは……と意外さは拭《ぬぐ》えない。

「意外か」

「そう、ですね」

木蘭の性格からして、悪口、というか、してきた苦労を進んで語るとは考えづらい。けれど、逆に皇帝の印象に残るほど自分のことを話題にしていた、というのも予想外だ。

──冷たくあたってきた覚えしかないんだけど……。

憎《にく》まれている、とまでは思わないが、好かれているはずもないのにどういうわけかと戸惑《とまど》う。

「どれほどすばらしい人物かを聞かせてくれたぞ」

それで興味が湧《わ》いた、と手に持った杯に笑いを零《こぼ》す。

「──どのような話か、気になりますね」

応じるように、白蓮もまた薄《うす》く笑みを返した。

嫌味《いやみ》かはたまた牽制《けんせい》か。木蘭がなにをどう語っているかはさだかでないが、彼がそうと思っていないことだけはたしかだ。

「そうだな……毒のある花を知らないまま持ちこみそうになって止められた、とか」

「ああ、あのことですか」

止められた、とはまた柔《やわ》らかい言い方だ。あの時は、まさかあんなものを持ってくるとは思わず、叩《たた》きおとしていた。樹液に触《ふ》れた手で顔に触《さわ》ったりするのは危ないため、慌《あわ》ててしまったのだ。

花をよこしたという徳妃《とくひ》はあれ以来動きがなく、意図的だったのかは不明なままだ。

ただ、後宮《ここ》ではだれがなにを仕掛《しか》けてきてもおかしくない、と実感させられた出来事ではあった。

「よく知っていたものだ」

「あれには薬効があるのです。けれど、薬になるということは、毒にもなるということ。素人《しろうと》にはとても扱《あつか》いきれませんから触らない方が賢明《けんめい》ですわ」

感心、というには含みのある響《ひび》きに、毒だから知っていたのではなく薬だから知っていたのだとほのめかす。

「今回の呪詛も、おまえが気づいたと聞いているが」

「あれは木蘭が見つけたのであって、わたくしではありません」

月明かりしかない庭先で、互《たが》いの表情もよくは見えない中、探《さぐ》りあうように言葉を交《か》わす。

そうして、得心する。

この喚《よ》びだしは後宮の目を木蘭からそらすのと同時に、白蓮に対して釘《くぎ》を刺《さ》しているのだ。

木蘭に手出しをするな、と。

この分なら大丈夫《だいじょうぶ》だ、とほっとする。とともに、ここに火明かりがあったらよかったのに、との思いが胸をよぎった。

月明かりでは、よく顔を見ることができない。

閉《と》ざされた世界で鬱屈《うつくつ》を抱《かか》えていた自分に鮮《あざ》やかに飛びこんできた、あの強さを宿した

『眼《め》』を目にすることができない。

もう自分が喚ばれることはないだろう。だったら、最後に顔だけでも見せてくれたらいいのに……と寂《さび》しさを覚える一方で、これでいいのだと思う心もある。

あの煌《きら》めく夜、ひと目見て焼きついた、どうせ叶《かな》わぬ想《おも》いなら、朧《おぼろ》なままにかすんで、溶けてしまえばいい。

秘《ひ》めた想いをうっすらと貼《は》りつけた微笑《びしょう》で隠《かく》し、最後まで『柳白蓮』を演じきる。

ただせめて、と紡《つむ》がれる低い声に耳を傾《かたむ》ける。思い出はもう、声さえ曖昧《あいまい》だ。

やがて、白蓮の杯《さかずき》が空になるころ、月下の会合はお開きとなった。

「――それでは、失礼いたします」

やっと終わった……と無意識に息が零《こぼ》れる。

あとから思い返せば、それがいけなかったのだろう。

立ちあがり、皇帝に背をむけた瞬間《しゅんかん》、ふいに視界が陰《かげ》った。え？　と反応する間もなく、双《そう》眸《ぼう》を塞《ふさ》がれ、そのままうしろへとひかれる。

「！」

なす術《すべ》もなくうしろへとよろめいた背に、とす、となにかがあたる。感じたぬくもりに、びくっと肩《かた》が跳《は》ねた時、

「つれないな」

耳元へ吹《ふ》きこまれた囁《ささや》きに、ひゅっと喉《のど》が鳴った。

視界は月明かりさえ遮《さえぎ》られ真っ暗なのに、頭の中は真っ白になる。なにが起こっているのかわからず反射的にもがこうとした白蓮のうなじを、くぐもった笑い声がなでた。

「昔、助けられたことがある相手に対して、ずいぶんな態度だ」

「――っ」

くすぐるような耳打ちに、背が震《ふる》える。

なにを。なにが。どうして――と形にならない言葉が、脳裏《のうり》に渦巻《うずま》く。

同時に、だめだ、と警鐘《けいしょう》が鳴り響いた。

ここには皇帝しかいなかった。だとしたら、この目元に、背中に感じる体温がほかのだれかであるはずがない。

――否定、しなきゃ。

あの晩、柳白蓮はあの場にはいなかった。珀狼が助けたのは木蘭という少女だけでいい――でないといけないのだ。

ぐっと奥歯を噛《か》み締《し》める。

沸《わ》きかえるような血の熱さを逃《に》がすように、細く息を吐《は》きだす。

「……んの、お話、でしょう」

白蓮は絞《しぼ》りだすように、声を紡いだ。

どくどくと脈打つ鼓動《こどう》がうるさい。この音が、熱さが、いっそ耳をくすぐる吐息《といき》をかき消してくれればいいのに、それだけはありありと感じとれてしまう。

「妹の方は覚えていたぞ？」

「――っ」

まるで、忘れているはずがないだろう、というように囁く笑《え》み声に、これまでとは違う意味でかっとなった。

――人の気も知らないで……！

なぜ、今さらかき乱すようなことを言うのか。このまま忘れさせてはくれないのか。

理不尽《りふじん》、とかすかに残った理性でわかっているのに、湧きあがってくるいらだちに任せ、白蓮は背後の身体《からだ》を肩で押し返すように身を捩《よじ》った。

力はこもっていなかったのか、あっさり離《はな》れた掌《てのひら》に、すかさず距離《きょり》をとる。

「お戯《たわむ》れはお止《や》めください、陛下」

塞がれていた双眸には、柔らかな月光ですら眩《まぶ》しい。――じん、と熱くなった目はその刺激《しげき》のせいだ。

「なにか、誤解をなさっているようですけれど、わたくしは、入宮する以前に陛下とお会いしたことはございません」

嘘《うそ》ではない。あの時の彼は皇帝ではなかったのだから。

あがりそうな息で懸命《けんめい》に平静を装《よそお》いなんとか言いきると、白蓮は「失礼します」と再び皇帝に背をむけた。

気を抜《ぬ》くと力も抜けてしまいそうな足を叱咤《しった》して、ことさらゆっくりと御前《ごぜん》を辞す。足早に立ち去らないのは、せめてもの矜持《きょうじ》だ。それでも背中が緊張《きんちょう》してしまうのは、いかんともしがたい。

さすがに二度は伸《の》びてくることがなかった手に、白蓮は密《ひそ》かに胸をなでおろす。

そのまま中庭を抜けたところで、はたと足を止めた。

「？　そういえば、あの内侍《ないじ》官はどこに」

あたりを見回してみるが、ここまで案内してきた者の姿がない。

きた順路は覚えているが、勝手に戻《もど》ってしまってもいいものだろうか。

しかし、今はすこしでも早くここを離れたいのが本音だった。

「……いない方が悪いのよね」

白蓮はそっと目元を拭《ぬぐ》うと歩きだした。

騒《さわ》がしい鼓動を静めるように胸に手をあて、深呼吸をする。だが、乱れた心はぐちゃぐちゃなままだ。

「まさか、あの時のことを覚えてるなんて……」

とっくに忘れていると思っていた。——いや、わかっている。自分など、ついでだ。めだつ木蘭の方が記憶《きおく》に残りやすいのは言うまでもない。

そういえばいたな、ぐらいのものだろう。

にもかかわらず、ちょっとでも喜んでしまう心が、ままならなさが、苦々しい。

「――だめだ」

白蓮はふうっと息をおとし、ぱちん、と自らの両頬《りょうほお》を叩いた。

薔薇殿につくまでに、『柳白蓮』をとりつくろえる程度には感情を鎮《しず》めなくては。せめて、木蘭に出迎《でむか》えられても表情を動かさないくらいには。

その一瞬《いっしゅん》さえやりすごせれば、朝までは時がある。それだけあったら、とり戻せる。

自然、猶予《ゆうよ》を稼《かせ》ぐように足取りが緩《ゆる》む。――と、横合いからいきなり手首を掴《つか》まれた。

「な――や……ッ」

何者だ、と誰何《すいか》をあげる間もなく、強い力に物陰《ものかげ》へとひきずりこまれる。壁《かべ》へ押さえつけられるようにして口を塞がれ、白蓮は大きく目を見開いた。

「んぅっ」

「お静かに」

逃《のが》れようと頭を振《ふ》ろうとしたところで、覚えのある声が聞こえ、動きが止まる。

――え……この声って。

暗がりに懸命に目を凝《こ》らす。月明かりに淡《あわ》く浮《う》かびあがる顔は――

「――？」

呂清、と紡いだ声は掌に塞がれ音にはならない。けれど、動きから察したのだろう。

「ええ、私です。柳貴妃」

こちらに覆《おお》い被《かぶ》さるような影《かげ》――呂清は、うっすらと微笑《ほほえ》みを浮かべた。

正体に気づいたからには大声をあげることはないと踏《ふ》んだのだろう、掌がはずされる。

「あ、なた、どうして」

ここに、と唖然《あぜん》と呟《つぶや》きかけたところで、いや、と気づく。ここは皇帝《こうてい》の宮殿《きゅうでん》だ、腹心の部下である呂清がいたところで不思議はない。

解《げ》せないのは、なぜ、自分がこんな目にあっているのか、だ。

整える暇《ひま》もなく騒がされる羽目になった胸を押さえつつ、白蓮は動揺《どうよう》を吐息で逃した。

「――放してもらえるかしら」

「いかがです？」

きわめて平静を装い口にするが、返ったのは嚙みあわない問いかけだった。

白蓮の眉間《みけん》に皺《しわ》がよる。

「いかが？　一体なにを、」

「陛下とお会いしてきたのでしょう？」

やや語調を荒《あら》げたところへ被せるように重ねられた問いかけに、どきり、と鼓動が跳ねる。

それを抑《おさ》えつけるようにしながら、白蓮は無言を返した。

わざわざ聞かずとも呂清も知っていることのはずだ。そも妃嬪が内廷《ないてい》にいるとあれば、それ以外はありえない。応《こた》えるまでもない。

代わりに、なにが言いたいのだ、と見上げる目つきを険しくさせた白蓮とは裏腹に、呂清は双眸を細めた。

その、瞳《ひとみ》の奥までのぞきこむような鋭《するど》さに息を呑《の》む。

「実際にお会いしたら、心が動きましたか？」

「え？」

揶揄《やゆ》する響《ひび》きを含《ふく》んだ囁《ささや》きに、とっさにはなにを言われているのかわからなかった。

だが、理解するより早く、ずくりと疼《うず》いた胸に、侮《あなど》られたのだと悟《さと》る。ついで、ふつふつとこみあげてきたのは憤《いきどお》りだった。

「――っ」

ふざけないで！　と叫《さけ》びそうになって、白蓮は唇《くちびる》を噛んだ。

――この主従は…っ

どこまで自分を莫迦《ばか》にしたら気がすむのか。

会えばなびく。

その程度の人間《女》だと思われていたことが憤ろしく――悲しい。

実質はじめて顔をあわせた皇帝はまだしも、多少なりとも関《かか》わりを持ってきた呂清にそんな風に思われていたとは……と傷ついている自分がいた。

ともすると、皇帝にからかわれた時よりも悔《くや》しい。

「──興味はない、と」

一言言い返してやらなくては気がすまない。

衝動《しょうどう》に駆《か》られるまま、白蓮は挑《いど》むように呂清を睨《にら》み返す。

「わたしは、そう──」

言ったはずだ、と続けようとした言葉が尻窄《しりすぼ》みに消えていく。

てっきり、からかっているのだと思っていた。声にはたしかにその響きがあった。

けれど、こちらを見下ろす双眸《そうぼう》はどうだ。

「……」

こくり、と喉《のど》が上下する。

胸に秘《ひ》めたものまで暴《あば》こうとするようなこちらを射貫《いぬ》く『眼《め》』の強さに、心が揺《ゆ》さぶられる。

目が、離せない。

──からかわれてるんじゃ、ない。

試《ため》されているのだ。

彼らも、動こうとしている。眠《ねむ》れる龍《りゅう》が、その首をもたげようとしているのだと、直感的に悟った白蓮の身のうちが震《ふる》えた。

怖《おそ》れなのか、期待なのか、はたまた喜びなのかは、わからない。

ただ、その時がきた、それだけはわかった。

白蓮はおさまりきらない感情を吐《は》きだすように、大きく息をついた。とともに、面《おもて》から表情を拭い去る。

「――笑えない冗談《じょうだん》はやめてもらえるかしら」

「……冗談、ですか」

こちらの変化に気づいた呂清が、わずかに身をひく。その機を見逃《みのが》さず、白蓮は覆い被さる影を払《はら》うように押しのけた。

「冗談でなければ、なんなの？　そうね、わたしがあの方に興味があるとすれば……」

月明かりの方へと歩きだしながら、肩越《かたご》しに振り返る。

「あの子を幸せにしてくれるかどうか、よ」

暴きたいというのならこの思いだけで十分だろう、と薄《うす》く微笑《ほほえ》む。

そのまま、さっと暗がりから踏みだす。

一拍置《いっぱくお》いて、その背を、くくっと低い笑い声が追いかけてきた。

「なるほど。それがあなたの心というわけですか――白蓮さま」

最後、耳を震わせた響きに、思わず立ち止まりかけ——しかし、気力で振りきると内廷をて掖庭宮への路《みち》をたどる。

一人戻った白蓮を門衛の宦官《かんがん》は訝《いぶか》しげに見たが、戻る分には問題ないと判じたのだろう。特に揉《も》めることもなく掖庭宮の門を潜《くぐ》った白蓮は、やがて人目のないあたりまでくると、ずるずるとその場にしゃがみこんだ。

「……なんなの」

耳の奥に残った声に、顔が熱くなっていくのがわかる。

「どうして、いきなり名前なんか…っ」

どうして主従揃《そろ》ってこちらの心をかき乱してくるのか。

まんまと振り回されている、自分もまた信じられない。これでは、皇帝だけでなく、呂清にまで心を揺さぶられているようではないか。

「……たしかに、気が多い方だけど」

興味が赴《おもむ》くままに色んなことに手をだしてきた。だが、これはだめだ。会えばなびくと腐されたことを、どうこう言えなくなる。

「〜〜〜っ」

頭がぐちゃぐちゃで、とても平静ではいられない。こんな顔ではとても戻《もど》れない——が、い

「！」

つまでもこうしているわけにはいかない。万が一にもこんな姿をだれかに見られるわけにはいかないのだ。

ふーっと胸を空にするように息を吐ききると、白蓮はのろのろと立ちあがった。砂のついた裾《すそ》を払う。

「――あと、すこし」

ここが正念場だと言い聞かせ、『柳白蓮』の仮面を被《かぶ》る。

そうして、白蓮は薔薇殿へとゆっくりと歩みだした。

第五章　白日に晒《さら》す

「お姉さま、お話があります」

固い面持《おもも》ちで目の前に立った木蘭《もくらん》を、白蓮《びゃくれん》はおもむろに見上げた。

「話？」

「できれば二人で」

ここではできない話だ、と暗に告げられ、双眸を細める。

「そう……人払《ひとばら》いをすればいいのかしら」

そのまま、つとあたりを見回した。室内にいるだれもが、なにごとかと、ちらちらとこちらをうかがっている。

「いえ、四阿《あずまや》の方が……」

四阿、の一言に白蓮は小さく眉《まゆ》をあげた。周囲からも、ざわり、とさざめきがあがる。

「いいわ」

「！　貴妃《きひ》さまっ」

ゆったりとした動作で立ちあがった白蓮に、悲鳴のような声があがる。なにせ、あそこは皇《こう》帝《てい》への呪詛《じゅそ》が仕掛《しか》けられていた、忌《い》むべき場所だ。

しかし、白蓮は気にした風もなく、「いきましょう」と木蘭を促《うなが》した。

あっさりと了承《りょうしょう》されたのが意外だったのか、束《つか》の間立ちつくした木蘭だったが、すぐにあとを追いかけてくる。

会話もなく四阿へと足を進めながら、白蓮は木蘭の様子へ目をやった。その表情は固い、というより張りつめている。

「……」

一体どんな話が聞けるのやら、と思いながら見上げた空は、周囲に漂《ただよ》う雰囲気《ふんいき》とは裏腹にしみるように青い。

「――一雨、くるかしら」

視線の先に認めた南の空にわきたつ雲に、ぽつりと独りごつ。

ほどなくいきついた四阿で、

「それで？」

白蓮は木蘭とむかいあうように身体《からだ》を反転させた。

「ここへきたということは、呪詛を仕掛けた犯人がわかったのかしら」

自分に話があるというのならこれしかないだろう。

そう、あえてこちらからきりだすと木蘭の肩《かた》が揺《ゆ》らいだ。喉《のど》が小さく上下する。

「……それ、は」

決意を固めるように両手が握《にぎ》りあわせられ、榛《はしばみ》の瞳《ひとみ》がまっすぐに白蓮を捉《とら》えた。

「あなたです。お姉さま」

その、自分にはないきらめきを綺麗《きれい》だと思いながら、白蓮はゆっくりと瞬《また》いた。

「わたしが？」

たずね返す声音《こわね》に、表情に、動揺《どうよう》ひとつない。

「どうしてそんなことをしなくてはならないのかしら」

「おかしいと、思ったんです」

木蘭は白蓮の問いには応《こた》えず唇《くちびる》を噛《か》んだ。

「おかしい？」

「夜ごと出歩く私を不審《ふしん》に思う者は、ほかにもいたかもしれない——そう、お姉さまは言われましたよね」

「ええ」

たしかに言ったと首肯《しゅこう》すれば、榛の輝《かがや》きが鋭《するど》さを増した。

「あの盗難騒《とうなんさわ》ぎ以降、毎夜私が出歩いていたことを、ほかの妃嬪方が見ているはずがないんで

す」

「――どういうことかしら」

怪訝《けげん》げに眉根《まゆね》をよせた白蓮に、木蘭もまたぐっと眉間《みけん》に皺《しわ》を刻んだ。

「私の様子がおかしいと思われたお姉さまは、あの騒ぎのあとすぐに私をつけさせたんじゃないんですか？」

「……」

沈黙《ちんもく》を肯定ととったのだろう、木蘭は苦渋《くじゅう》の表情で続けた。

「たしかにその時なら、ほかの方々の目にも留まったかもしれません。だけど、そのあとも出歩いていたなんて知るはずがないんです。――私は薔薇《そうび》殿《でん》から直接ここへくるようになったんですから」

「直接……」

あの隠《かく》し戸か、とすぐ思いあたる。

あの築山《つきやま》を逆方向へ回りこむと、白蓮の私室の前にある庭とは別の場所へでるのだろう。そのことをおそらくは皇帝から教わったのだ、自分が呂清《りょしょう》についていったあの晩に。

以後、人目につかないよう薔薇殿から木立を抜《ぬ》け、四阿に通っていたというわけだ。

木蘭を見張っていたわけではないから、さすがにそこまでは気づかなかった。

それでは疑われてもしかたがない、と息をつく。

　とはいえ――

「――それだけかしら」

「え？」

「それだけでわたしを犯人呼ばわりするつもり？　呪殺などという重罪の」

「お姉さま……」

　一瞬《いっしゅん》大きく瞠《みは》られた目が、ひどく悲しげな色をまとう。どうして……と声もなく呟《つぶや》いたのが、口の動きから読みとれた。

　ふいっとうつむいた木蘭の表情を、影《かげ》が覆《おお》い隠す。

「証拠《しょうこ》なら、あります」

　次に顔をあげた時、迷いを吹《ふ》っ切ったまなざしが再びこちらを射貫《いぬ》いた。

「証拠？」

「これが、お姉さまの房《へや》にありました」

　懐《ふところ》へ手を滑《すべ》りこませ、とりだした包みを解くとすっとこちらへさしだす。

「……」

　それは、木人だった。

　より正確に言えば、木が割れて失敗した人形のなれの果て、というところか。すくなくともひとつではない数が、そこにはあった。

「そう」

静かに木人のなれの果てへと視線を注ぎ、こみあげてくるものに、くすり、と喉を鳴らす。

木蘭の頬《ほお》がこわばり、身構えたのがわかった。

「これがわたしの房にあったという証拠は」

とでも問われると思っているのかもしれない。

だが、薄《うす》く笑《え》みを刷《は》いた唇が紡《つむ》いだのは、

「一昨日《おととい》の晩、陛下に召《め》されたのはそういうことだったのね」

言外に『自分のもの』だと認める言葉だった。

「処分する機会をうかがっていたのだけれど……もっと早くにしておくべきだったわね」

一昨日、皇帝に呼びだされたのは、木蘭が房を捜《さが》す時間を稼《かせ》ぐためだったのだ。思ったとおり、犯人捜しをする彼女に皇帝が手を貸していたらしい。

「どう、して…っ」

慌《あわ》てるでもなく冷静そのものの白蓮とは裏腹に、木蘭の顔が悲痛に歪《ゆが》んだ。

「どうしてこんなことを！」

なぜ、皇帝を殺そうなどと企《くわだ》てたのか。

なぜ、呪詛などという手段をとったのか。

彼女の言う『どうして』は、さてどれだろうか、と頭の隅《すみ》で考えながら、白蓮は静かに木蘭を見つめ返した。

「お父さまに指示されたからよ」

「……え？」

「皇帝を亡《な》き者にしろ、とね」

白蓮からでてきた予想外の名に、つめよらんばかりだった木蘭の動きが止まる。さらに告げられた事実に、はくはくと喘《あえ》ぐように戦慄《わなな》く。

「お、父さまに……？」

明かされた、姉のみならず家ぐるみの陰謀《いんぼう》に茫然《ぼうぜん》とする木蘭を見つめながら、脳裏《のうり》に父の声が甦《よみがえ》る。

『わかっているな？　すべては家のためだ』

小さく唇が歪む。

――これで、満足かしら、お父さま？

結局、柳《りゅう》家の軛《くびき》から逃《のが》れることはできなかったが、目的ははたすことができた。あとは木蘭次第《しだい》だ。

「お父さまが、どうして珀狼《はくろう》さまを」

当の木蘭はというと、『どうして』と繰《く》り返すばかりだ。察しは悪くないはずだが、思いもよらぬ事柄《ことがら》の数々に冷静にものを考えられる状況《じょうきょう》ではないのだろう。

白蓮は、しかたがないと息をついた。

「今の陛下が即位《そくい》なされる前に、世継《よつ》ぎ争いがあったことは知っているわね」

「え、えぇ、はい」

唐突《とうとつ》に差し挟《はさ》まれた問いかけに、木蘭は目を白黒させながら頷《うなず》いた。

「もともと柳家は別の皇子を支援《しえん》していたのよ」

「！　ま、さか……お父さまは珀狼さまを排除《はいじょ》して、その御方《おかた》を」

皆《みな》まで説明しなくとも、ぴんとくるものがあったらしい。信じられない、と書かれた顔からそろそろ本当に目が零《こぼ》れおちるのではないだろうか。

「そう、このままでは父たちに有利に働かないどころか、今の地位も危《あや》うい、とね」

「だからといって、亡き者にしようだなんて……っ」

許されることではない、と怖《おそ》れにか怒《いか》りにか、木蘭は小さく肩を震《ふる》わせる。

「普通《ふつう》の思考でないのはたしかね。普通なら、娘《むすめ》を後宮へ送りこみ、陛下の寵《ちょう》を得るように仕向けるでしょう」

皇帝《こうてい》の寵愛が得られれば寵姫《ちょうき》の身内は優遇《ゆうぐう》されるのが慣例だからだ。

だが、父はそれでは心許《こころもと》ないと考えた。

娘が——白蓮が皇帝の寵を得たとしても、心変わりされてしまったら意味がない。年を経てより若い娘に関心が移ったなど、歴史上よくある話だ。

そういう意味では現実的だったのだろう。

「うまくいくかわからないことに賭《か》けるより、確実に実権を握《にぎ》り続けるために、自分たちに都合のいい為政者《いせいしゃ》へすげ替《か》えてしまおうと考えたのよ、あの人たちは」

白蓮自身、こうまで直接的な手段にでるとは思っていなかった。

これも朝廷《ちょうてい》の腐《ふ》敗《はい》が進んでいる影響《えいきょう》だろう。

皇帝を自分たちの都合のいいように動かせる駒《こま》としか見ていない。一度甘い汁《しる》を吸った者たちが、権力《それ》を易々《やすやす》と手放すはずがないのだ。

「そこまでおわかりになっていながら、なぜ⁉」

淡々《たんたん》と経緯《けいい》を語った白蓮に、木蘭が食ってかかってくる。

なぜ、と問われたのなら答えはひとつだ。

「後宮《ここ》に見張りがいたからよ、わたしが父の命を遂行《すいこう》するようにね」

「見張り？　侍女《じじょ》の中に、ですか？」

「朱禅《しゅぜん》よ」

あっさりと名を明かせば、あ！　と合点したらしい。すぐに悔《く》やむような顔つきになる。

どうして気づかなかったのか、とでも思っているのかもしれない。

「言ってくれたら、よかったのに」

案の定、一人で背負うことはなかったのに、と物語る木蘭のまなざしに、すこし、意地悪な気分になる。

「言ってどうなるというの」

「そ、れは……」

「それとも、あなたがやってくれたのかしら？」

「な…っ⁉」

顔をあわせる機会が幾度《いくど》となくあった木蘭にならら、命を狙《ねら》うのも容易《たやす》かっただろう――言葉にせずとも言わんとしたことは伝わったのか、木蘭が愕然《がくぜん》と声を失った。

思ったとおりの反応に小さく笑いを零《こぼ》し、白蓮は改めて榛《はしばみ》の瞳《ひとみ》を見返した。

「わたしには近づく術《すべ》がなかった。だから、ここへ呪物《じゅぶつ》を埋《う》めたのよ。あなたに会いにくる陛下を亡き者にするためにね」

「――お姉、さま」

木蘭はなにか言いたげに唇《くちびる》を開きかけては閉じ……結局、痛ましげに一言だけ呟く。

「それで？」

自嘲《じちょう》気味に唇を歪ませながら、事実を知ったあなたはどうするのか、と問おうとした時だった。

「俺を呪殺？」

ふいに、低い笑い声が割りこんだ。

「呪《のろ》いなど信じていないおまえが？」

「！」

ここにあるはずのない存在に、白蓮と木蘭は揃《そろ》って息を呑《の》む。

わざとだろう、かさり、と地面を踏《ふ》み締《し》める音がした方へ、木蘭が弾《はじ》かれたように振《ふ》り返る。

白蓮はといえば、とっさに巡《めぐ》らせかけた首を押し留《とど》めると、跳《は》ねあがった鼓動《こどう》を鎮《しず》めるように深く息を吸いこんだ。

「――ええ、ですから実験を兼《か》ねてみたのです」

抑《おさ》えつけた淡々とした声で応《こた》えながら視線を動かす。

二人の目線の先――木立の奥から人影《ひとかげ》が姿を現わす。

その姿に、白蓮は目を見開いたあと、眉《まゆ》をよせた。

「呂、清？」

顔は間違《まちが》いなく呂清だ。が、記憶《きおく》にある姿とはまったく違う姿をしている。

身につけているものといい、まとっている雰囲気《ふんいき》といい、今までとはがらりと違う。同じ顔をした別の人物だ、と言われたら信じてしまいそうなほど、目の前の彼には違和感《いわかん》があった。

──ううん、違う。

こうしてみると、わかる。今までの彼に違和感があったのだ。

それにさっき、彼はなんと言った？　聞き間違いでなければ『俺を』と言わなかったか？

一方の木蘭もまた、

「珀狼さま！　……じゃ、ない？」

現われた人物へ声をあげたあと、すぐに戸惑《とまど》った様子で首を捻《ひね》った。

木蘭の、同じような、それでいて正反対の見間違いに、白蓮の頭の中ですべてが繫《つな》がった。

──そういうことか！

彼は呂清であって呂清ではないのだ。彼は……

「……あなたが皇帝だったのね、呂清」

いえ、陛下。

きっぱりと言いきった白蓮に、え？　と木蘭がこちらへと顔を戻《もど》す。

「陛下？　──え、だって、この方は珀狼さまとは……」

「いいえ、この方こそ『李《り》珀狼』さま──今上皇帝《きんじょう》よ」

そう、これまで自分が会っていた『呂清』こそが、皇帝が彼に扮《ふん》した姿だったのだ。

状況についていけず、呂清、もとい珀狼と白蓮を見比べる木蘭に、ふっと珀狼の口元が笑《え》みを刻む。

その、なにげない仕草に宿る目を奪《うば》う威《い》に、はっとさせられる。

彼こそが正しく皇帝《支配者》なのだと、いやが応でも感じさせられる。

「この方が、珀……いえ、陛下？」

じゃあ、今まで私がお会いしていたのは……と困惑《こんわく》も露《あら》わな木蘭に、白蓮は内廷《ないてい》での対面を思いだす。

「では、あれが呂清殿《どの》だったのですね」

珀狼が無言のまま笑みを深める。

つまりは、そういうことだ。二人はいれ代わって、白蓮と木蘭の様子を探《さぐ》っていた。警戒《けいかい》されていたのか、おもしろがっていたのか……多分両方なのだろうが、彼の様子を見るに後者の色合いが濃《こ》そうだ。

――なるほど、あの時、灯《あか》りがなかったわけね。

呂清として現われた珀狼を見て反応がなかった時点で――あるいは、木蘭が名乗りを信じた時点で――白蓮が三年前に出会った皇帝の顔を覚えている可能性は低かったが、万が一ということもある。

とはいえ、あそこで珀狼自身が現われたら、いくら月明かりしかないとはいえ、さすがに『呂清』だと気づいてしまう。それらも鑑《かんが》みた上での措置《そち》だったのだろう。

まあ、試《ため》されてもいたのだろうが。

「——ということは、この呪詛《じゅそ》もむだだったというわけですか」

仕掛《しか》けた相手が違うのでは意味がない。

あからさまに嘆息《たんそく》した白蓮へ、珀狼がひたりと視線を据《す》えた。

「柳家の当主は捕《と》らえたぞ」

「！」

唐突《とうとつ》な言葉に、目を瞠《みは》る。

それは木蘭も同じだったらしい。珀狼がくつりと喉《のど》を鳴らした。

「そういう表情はそっくりだな」

「——そう、ですか」

戯《ざ》れ言は脇《わき》に置き、細く息をつく。

終わった。

これで本当に終わったのだ——。

「……柳家の当主って、お父さま、ですよね？」

しかし、木蘭にとってはそう簡単ではなかったらしい。自分を連れてくるだけ連れてきてあとは基本関《かか》わりのなかった父親でも、捕らえられたと聞けば穏《おだ》やかではいられないようだ。

さすがに今までの話の流れから、どうして、とは言わないが、うまく呑みこめない顔つきで眉をさげていた。

そんな木蘭を一瞥《いちべつ》し、珀狼が浅く頷《うなず》く。

「ああ。詐欺《さぎ》と謀叛《むほん》の罪でな」

「詐欺と謀叛……？」

告げられた思いがけない罪状を口の中で転がし、白蓮はあっと面《おもて》をあげた。

瞬間《しゅんかん》、強い『眼《め》』と目があう。

伝わっていた。

あれやこれやに託《かこつ》けて潜《ひそ》ませた情報は、どうやら彼の役にたったらしい。

「あの、」

しかし、一人置いてきぼりをくらった木蘭が、悲しみと困惑をないまぜにしたような複雑な表情で声をあげた。

「謀叛はともかく、詐欺、とは？」

「金《きん》の偽造だ」

「金の偽造？」

あの自称錬金術師《じしょうれんきんじゅつし》による技《わざ》の披露《ひろう》の場にはいなかった木蘭が、どういうことかと首を傾《かし》げる。

「桑充媛《そうじゅうえん》の首飾《くびかざ》り、あれと同じことよ」

「あ……！」

言い添《そ》えた白蓮に得心した顔つきになる。

「あれと同じまがい物を作らせていた、ということですか?」

「そうだ。どこからか技術者を連れてきて、銅銭を大量に金に偽装《ぎそう》させ、金だと偽《いつわ》って使用していた」

銅銭の価値しかないものを金として利用しているのだ。そんなものが大量に出回って、知らず掴《つか》まされた方はたまったものではない。立派な詐欺行為《こうい》だ。

「では、謀叛の方は……」

「武器を蓄《たくわ》えていた」

珀狼の返しに反応したのは白蓮の方だった。

「見つかりましたか」

「ああ、『激しく燃えあがる薬』とやらをつめこんだ竹筒《たけづつ》がわんさとな」

あれに火をつければ騒動《そうどう》を起こすのは容易《たやす》いだろう、と軽妙《けいみょう》な声音《こわね》とは裏腹に、眼光は鋭《するど》い。

――めっきと違って、あの話し方で伝わるか心配だったけど、無事見つかったんだ。

桑充媛の盗難《とうなん》騒動に便乗して、柳家に銅を金へと見せかける怪《あや》しい技術者が出入りしていたことを伝え、錬金術の生みだした副産物を体感させることで、錬丹術《れんたんじゅつ》の生みだした脅威《きょうい》をほのめかす。

呂清の求めるままに語っていたようで、その実、白蓮は会話の中に実家の不正を示す事柄《ことがら》をまぎれこませていた。

伝わるかどうかは、呂清の察しや勘《かん》のよさ頼《だの》みの賭《か》けだったが、彼こそが皇帝《こうてい》その人だったという想定外の事態に、予想以上にうまくことは転がったらしい。

「ずいぶん回りくどいやり方をしてくれたな」

裏付けをとるのに手間取って、のりこむのが遅《おそ》くなった。

そう、珀狼から呈《てい》された苦情に、白蓮は悪びれることなく肩《かた》を竦《すく》めた。

「直接申しあげたところで、信じていただけたかどうか」

警戒している柳家の娘《むすめ》の言うことを、はたしてどこまで信じただろうか。

柳家云々《うんぬん》の前に、卑金属《ひきんぞく》を金に変える方法や激しく燃えあがる薬など、荒唐無稽《こうとうむけい》な話だと笑い飛ばされた可能性も高い。

「たしかに」

自覚があるのだろう、珀狼が苦笑《くしょう》して同意する。

結果として、父親が捕縛《ほばく》された。最大と言ってもいい皇帝の脅威はとり除かれた。

それがすべてで、終わりよければすべてよしだ。

「それで、わたくしは、」

「ちょっと待ってください！」

どうなります、と問おうとしたところで、眦《まなじり》を吊《つ》りあげた木蘭が割ってはいってくる。

「今のは、どういうことですか？　お姉さまは、お父さまの不正や叛意《はんい》を知っておられたんですか？」

つめよってくる木蘭に一瞬呆気《いっしゅんあっけ》にとられたあと、白蓮は密《ひそ》かに苦笑した。

彼女らしい正義感で、知っていながらなぜ父を諫《いさ》めなかったのか、と思っているのだろう。

「聞いてのとおりよ」

知っていた。自称錬金術師がやっていたことも、怪しげな方士が出入りしていたことも。

知ったのは偶然《ぐうぜん》だった。

頼《たの》んだ覚えのない大量の汞《みずがね》や鉱石などが、白蓮が仲介《ちゅうかい》を頼んでいた老師のもとに運びこまれたのだ。すぐに間《ま》違《ちが》いに気づいた商人がひきとっていったが、邸内《ていない》でよからぬ企《たくら》みが進行しているのはあきらかだった。

だが、自分の身の危《あや》うさを考えたら動けなかった——動かなかったのはまぎれもない事実だ。

批判も甘んじて受けいれるつもりだった白蓮は、

「だったら、どうして呪詛なんか！　そう、告発したらよかったじゃないですかッ」

泣きだしそうな形相で訴《うった》えてくる木蘭に虚《きょ》を衝《つ》かれた。

「——確たる証拠《しょうこ》もないのに問い質《ただ》したところで、シラをきられるだけでしょう」

父より自分が大切だと言わんばかりの言動に内心たじろぎながら、平静を装《よそお》う。

　とはいえ、実際そのとおりだ。だからこそ、珀狼は柳家から流れた金を追うなり、買付けを調べるなり裏付けをとった上でのりこんだのだ。

「だからって、よりにもよって呪殺なんて真似《まね》…っ」

「それは、俺も聞きたいところだ」

　悔《くや》しげに唇《くちびる》を噛《か》んだ木蘭に、思わぬところから援軍《えんぐん》がはいる。

「おまえの知識があればもっと確実な方法がとれたはずだ。にもかかわらず、呪詛《じゅそ》という手段をとった」

「買いかぶりすぎですわ」

　珀狼の指摘《してき》に、薄《うす》く微笑《びしょう》を返す。

　だが、彼は意に介《かい》することなく続けた。

「すなわち、おまえは最初から俺を殺すつもりなどなかった、ということだ」

　そもそも呪《のろ》いなど信じてないんだからな、との指摘に、苦虫を噛み潰《つぶ》したような顔になるのを辛《かろ》うじてこらえる。

　たしかに『呂清』には、うっかり「ばかばかしい」と口走った覚えがある。

「……さきほども言ったとおり、実験を兼《か》ねていたのです。呪詛で本当に人が殺せるものかどうか」

　猫《ねこ》かわいさに余計なことを言った過去を悔《く》やみつつ、「大体」と口早に言を継《つ》いだ。

「殺すつもりがないのなら、どうして呪殺など企《くわだ》てるのです?」

「そいつは俺が聞いてるんだがな」

笑《え》みを深めた白蓮に、珀狼が短く嘆息《たんそく》する。

「自分で言うつもりがないなら、まあいい。——おまえが呪殺を企てたのは」

「っ、もういいでしょう! 呪殺を謀《はか》った、それがすべてよ」

言葉の先をかき消すように、とっさに叫《さけ》びをあげた。

「呪殺の企みが、一族郎党《ろうとう》連座で罰《ばっ》せられるほどの罪だからだ」

しかしそれで止められるわけもなく、続けた珀狼を、余計なことを、と睨《にら》みつける。

「それ、って……」

こんな時ばかり察しがいい木蘭が、愕然《がくぜん》とこちらを見た。

「自分の命とひき替《か》えに、お父さまたちを捕《と》らえるために——?」

「あの人たちのために死ぬつもりなどなかったわ」

ふいっと顔をそらす。

その科白《せりふ》に嘘《うそ》はなかった。たしかに自分の命も危うい賭けではあったが、勝算がなかったわけではない。

木蘭だ。

皇帝のお気にいりの彼女なら、妹とはいえ連座は免《まぬが》れるだろう。そしてあの人の好《よ》さから、意地の悪い姉であっても命ばかりは助けてほしいと嘆願してくれるだろう、と。

そんな目論見《もくろみ》があった。よくて流刑《るけい》には処せられるが、最悪命だけは助かるだろう、と。

——もっとも、木蘭が会ってたのは皇帝じゃなかったんだけど。

そこだけは誤算だった。——が、彼女が珀狼に目をかけられているのは間違いない。犯人捜《さが》しに積極的に動いていたのも功を奏して、木蘭だけは罰せられることにはならないはずだ。

不仲なのも周知の事実で、木蘭には有利に働くだろう。

つめの甘さは否《いな》めないが、ともかく、目的ははたされた。

「なんにしろ、わたくしは呪殺を目論んだ。それは覆《くつがえ》らない事実でしょう」

「お姉さま……」

罪は罪だ、と姿勢を正した白蓮に、木蘭の顔が嘆《なげ》きに染まる。

その様子に双眸《そうぼう》を細めた珀狼が、低く笑いを零《こぼ》した。

「素直《すなお》じゃないな」

「え？」

「そこは俺に泣きつくところだろう？」

「——は？」

揶揄《やゆ》するように片笑んだ珀狼に、なにを言いだすのかと素の声が漏《も》れる。

啞然《あぜん》とする白蓮をよそに、彼はゆったりとした足取りでこちらへと距離《きょり》をつめてきた。

勢いよく迫《せま》ってくるわけではない。

しかし、こちらを捉《とら》えたままのまなざしに、追いつめられているような心地《ここち》がして逃《に》げだしたい気持ちに駆《か》られる。

「呪殺の企ては、俺のため、だろう？」

「――っ」

疑問形でありながら確信しているそれに、白蓮は息を呑《の》んだ。

「陛下のため、ですか？」

どういうことかと口を挟《はさ》んだ木蘭へ一瞥《いちべつ》もくれず、珀狼は軽く顎《あご》をひいた。

「確実に、かつ、迅速《じんそく》におまえたちの父親を排除《はいじょ》するのに、呪殺という手段はうってつけだからな」

「それは、お父さまを早く捕らえる必要があった、ということですか？　詳《くわ》しくはわかりませんけど、お姉さまはお父さまの不正を陛下にお伝えしていたんですよね？　だったら、身を挺《てい》してまで急ぐことなんて……」

榛《はしばみ》の瞳《ひとみ》がちらりとこちらをうかがうが、白蓮は唇をひき結んだまま口を開こうとはしなかった。

珀狼から目を離《はな》せない。離したが最後、襲《おそ》いかかられそうな錯覚《さっかく》を覚える。

それでいて、逃げだしたくてたまらない。どこまで知られているのかと、鼓動《こどう》が高く鳴り、

握《にぎ》った掌《てのひら》に汗《あせ》が滲《にじ》む。

「証拠が確実に見つかるとはかぎらない。なにより、こっちが動くかどうかもさだかじゃない。動いたとして、いつになるかもな。だが、悠長《ゆうちょう》に待ってはいられなくなった」

ひとつひとつ確かめるように言葉を紡《つむ》ぎながら、珀狼が四阿《あずまや》に足をかける。

いよいよ縮まった距離に、白蓮は無意識にうしろへと足を退《ひ》いていた。

「これ以上は俺の命が危うい——おまえはそう判断した」

違《ちが》うか？

ひたとつきつけられたそれに、喉《のど》が上下する。

「膠着《こうちゃく》した状況《じょうきょう》に朝廷《ちょうてい》の連中は相当焦《じ》れていたからな」

「……そこまでおわかりなら、改めて聞くまでもないでしょう」

白蓮は諦《あきら》めたように嘆息した。ここまで把握《はあく》されているのなら隠《かく》す意味はない、と言外に肯《こう》定《てい》する。

どうなっているのかと朱禅が薔薇殿へのりこんできた時、嫌《いや》な予感がした。追いつめられた彼が暴走しかねない、と。

放《ほう》っておいては、なにをしでかすかわからない。それを防ぐには自分が動くしかなかった。

だからこそ、信じてもいない呪殺を企てたのだ。

珀狼を——あの上元節の晩、ひと目見て心惹《こころひ》かれた相手を、守るために。

――だけど、そこまではさすがに気づかれては……、？

この想《おも》いは『柳白蓮』とともに消えた方がいいのだ、と密《ひそ》かに安堵《あんど》しかけたところで、視界の端《はし》でなにかが光る。意識をそっと珀狼のうしろへとずらした白蓮は、次の瞬間《しゅんかん》、ぎょっと目を瞠《みは》った。

いつのまにそこにいたのか、短剣《たんけん》を握り締《し》め、肩《かた》で大きく息をした男が、血走った目で憎々《にくにく》しげにこちらを睨みつけていたのだ。

「朱禅……！」

気づくが早いか、白蓮は床《ゆか》を蹴《け》っていた。

「最初から、こうしていればよかったんだぁッ！」

同時に、吠《ほ》えた朱禅が珀狼の背にむけて勢いよく突《つ》っこんでくる。

「危ない!!」

白蓮は珀狼の脇《わき》をすり抜《ぬ》け、かばうように朱禅の前へと飛びだした。

宦官《かんがん》ごときの攻撃《こうげき》に、もとは武人であった珀狼がやられるはずがない。頭ではわかっていても、心と身体《からだ》が先に動いていた。

「お姉さまッ」

木蘭の悲鳴じみた叫びに、鋭《するど》い舌打ちが被《かぶ》る。

身構える間もなく間近に迫った切っ先に、反射的に固く目を瞑《つむ》る。

直後、力強い腕《うで》が腰《こし》に回った。かと思うと、抱《かか》えこまれるように身体をうしろへひかれる。

「ぐ…っ」

圧迫《あっぱく》され、呻《うめ》きが漏れる。

なに⁉と目をこじ開けた時、

「ぅ、がッ」

呻《うな》りとともに、カランッ、と乾《かわ》いた音が響《ひび》いた。

息苦しさに滲む視界に、四阿の床へ転がった短剣が映る。すぐ傍《そば》には、手首を押さえて蹲《うずくま》る朱禅の姿があった。

「――迦《か》が、飛びだすヤツがあるか」

はぁっ、と吐《は》きだされた息が耳元におちる。

「……」

白蓮が振《ふ》り仰《あお》ぐようにゆっくりと首を巡《めぐ》らせれば、すぐそこにあの『眼《め》』で油断なく朱禅を見据《みす》える珀狼の顔があった。

状況も忘れ、その横顔に目を奪《うば》われる。

ああ、たしかに、この人はあの『ハクロウ殿下《でんか》』だと実感する。

視線を感じたのか、つと瞳だけがこちらをむく寸前で、白蓮は慌《あわ》てて目をそらした。

――ぇえっと……。

色々な衝撃《しょうげき》で半ば止まった思考で、なにが起こったのか整理する。

珀狼をかばって朱禅の前に飛びだした白蓮を、彼が身体ごと短剣の軌道《きどう》からそらし、そのまま朱禅の手から短剣を叩《たた》きおとした、というところだろうか。

改めて顧《かえり》みた状況に、さっと血の気がひく。

「あ……」

無我夢中だったとはいえ、短剣の前に飛びだすなど今ごろ死んでいてもおかしくない。

遅《おく》れてこみあげてきた恐《おそ》ろしさに震《ふる》えが走った時、ばたばたとこちらへむかってくるいくつもの足音が耳に届いた。

「陛下！」

どうやら兵たちが駆けつけてきたらしい。

「遅《おそ》い。なにをしていた」

冷ややかな声が耳朶《じだ》を打つ。さきほどまでとはまるで違う響きに、今さらのようにこの人は皇帝《こうてい》なのだと思い――はっとする。

――わたし…っ

珀狼に背後から抱《だ》き締められていることに、遅まきながら気づく。

「お姉さま、大丈夫《だいじょうぶ》ですか」

「だ、大丈夫よ」

心配そうに声をかけてきた木蘭に、冷たくなった身体が熱くなっていくのを感じながら白蓮は身を捩《よじ》った。震える足を叱咤《しった》して、力をこめる。

「あ、あの、陛下、わたしは大丈夫ですので」

「うるさい」

放してもらえないか、と言いかけたところをぴしゃりと遮《さえぎ》られる。

「こんなに震えていて、なにが大丈夫だ」

「で、ですが」

「いいからおまえはしばらくおとなしくしてろ」

「──っ」

一層力がこもった腰へ回された腕と有無《うむ》を言わせぬ声音《こわね》に、身動きができなくなる。

そんな白蓮をよそに、珀狼は「連れていけ」と集まってきた兵たちに捕縛《ほばく》の指示をだす。

──早く、離れなきゃ。

心が急《せ》く。

珀狼の指示に従いながら、兵たちはちらちらとこちらをうかがっている。今まで妃嬪《ひひん》の一人もよせつけなかった皇帝が女性を抱き留めているのだ、それは気になるだろう。

なにより、木蘭が見ている。今まで皇帝だと思っていた相手が偽《いつわ》りだった上に、この状況をどう感じているのかと思うと顔をむけられない。

だからといって、無理矢理振り払《はら》うほどの力がでないのも事実だった。

しかして、湧《わ》きあがってくる震えがおさまるまで、この状況に甘んじることしか今の白蓮にはできなかった。

終章　花の君子を乞《こ》う

木蘭《もくらん》と皇帝のことは誤算だったが、あの状況ならおそらく温情をかけてもらえる。命ばかりは助かるだろう。

だが、呪《のろ》いを信じていないとはいえ、皇帝に対して呪殺を企《くわだ》てたのは間違《まちが》いない。少なくとも後宮からの追放は免《まぬが》れないはずだ。

木蘭の行く末を見届けられないのは心残りだが、そうなればようやく完全に実家の軛《くびき》から逃《のが》れることができる。――『柳白蓮《りゅうびゃくれん》』の仮面は必要なくなる。

柳家は当主が捕縛されたことで、邸《やしき》に大々的な調べがはいり、跡継《あとつ》ぎである兄や一族の主要な者たちも捕《と》らえられたと聞く。風の噂《うわさ》によると、母も生家へ逃《に》げ帰ったという。

白蓮が入宮すると決まった時点で老師は辞去していたから、捕縛の手が彼にまで伸《の》びることはないだろう。その点は安心だ。

後宮を追いだされ、戻《もど》るべき家もない。

普通《ふつう》なら途方《とほう》にくれるのだろうが、柵《しがらみ》がないのならどこへいくのも自由だ。

憧《あこが》れの西域にいくのも、呂清《りょしょう》――実際会っていたのは違《ちが》ったわけだが――の故郷へ渡《わた》ってみるのもいい。どちらにしろ、新しい世界が見えるはずだ。

「――はず、だったんだけど」

夏の色を濃《こ》くした薔薇殿《そうびでん》の庭を眺《なが》めながら、白蓮はぽつりと零《こぼ》した。

そう、あの騒動《そうどう》から十日以上たった今も白蓮はまだ薔薇殿――後宮にあった。

「すぐにでも沙汰《さた》がくだると思ってたんだけどな」

あのあと、白蓮と木蘭はひとまず薔薇殿へと送り届けられた。

朝廷《ちょうてい》最大派閥《はばつ》の長である柳家の当主の捕縛と、朱禅《しゅぜん》による襲撃《しゅうげき》の処理で、自分たちどころではなくなったのだろう。

特に後者は後宮で起こっただけに、あっという間に広まった。

どうやら、父が捕《つか》まったことで、柳家を後ろ盾《だて》としていた朱禅にまで調べが及《およ》び、捕らえる寸前で逃げだされたらしい。彼は薔薇殿へのりこんできたというから、逆恨《さかうら》みか、はたまた盾にとろうとしたのか、標的は白蓮だったのだろう。

白蓮を追って四阿《あずまや》へきたところで、幸か不幸か皇帝がいた。そうして逆上のままに襲《おそ》いかかった、というわけだ。

おかげで後宮内は今その話題で持ちきり――らしい。

さすがに沙汰を待つ身としては出歩くわけにもいかない。柳家のこともあり、薔薇殿の者たちは息を潜《ひそ》めるようにすごしており、これらは顔をだした皇帝側の宦官《かんがん》から聞いた話だ。

「罰《ばつ》せられるどころか、呪詛《じゅそ》の件自体どういう話になってるのかわからないし」

白蓮が犯人だと周知されている様子がないのだ。さすがに主《あるじ》が犯人だったとなれば侍女《じじょ》たちの態度にも表れるはずだが、そういう意味でこちらを怖《おそ》れたり、敬遠したりということがない。

木蘭が時折物言いたげにこちらを見ている程度だ。

となると、薔薇殿の者たちには知らされていないとみるべきだろう。同じ後宮にいてまったく情報がはいってこないというのも不自然な話で、白蓮の企て自体、一部を除いてまだ秘匿《ひとく》されているということになる。

「木蘭が呪物を見せて歩いていた以上、今さらなかったことにはできないはず」

どこかでおとしまえをつけなくてはならない。

「——まあ、実質閉じこめてるようなものだし、ほかに優先することがあるってことかな」

おそらく、今回の捕縛をきっかけに朝廷には大鉈《おおなた》が振《ふ》るわれることになる。ここ後宮でも、これまで不正に荷担《かたん》してきた宦官が次々に捕らえられていると聞く。

眠《ねむ》れる龍《りゅう》が目を覚ましたこの国は、これから変わっていくことになるだろう。

「……それを見られないのは、ちょっと残念だけど」

柳家の長姫《ちょうき》などという不穏《ふおん》の種は、ない方がいいのだ。

「さて、と。いつ追いだされてもいいように、しておかないとね」

立つ鳥跡《あと》を濁《にご》さず、と白蓮は庭へ降りた。

「薄荷《はっか》があんなに繁殖《はんしょく》力が強いものだとは思わなかったわ……」

気軽に植えたが、どんどんその勢力を拡大させており、放《ほう》っておいたらせっかくの庭が薄荷で埋《う》めつくされてしまう。

自業自得《じごう》ながらうんざりと息をついた時、うしろからバタバタと近づいてくる足音に気づく。覚えのある状況《じょうきょう》だと思いながら振《ふ》り返ったのと、

「柳貴妃《きひ》！」

叫《さけ》びをあげて人影《ひとかげ》が飛びだしてきたのがほぼ同時だった。

「蓬淑妃《ほうしゅくひ》」

あいかわらずだ、と呆《あき》れをとおり越《こ》し、もはや感心さえ覚えていると、きっと睨《にら》みつけられる。ついに呪詛の件が知らされたか、とどこか他人事《ひとごと》のように思っていると、

「私はあなたのことなんて認めませんからッ」

「――え？」

なんの宣言なのか、勢いよく言い放たれ、白蓮は目をしばたたかせた。

てっきり糾弾《きゅうだん》されるか、罵《ののし》られるかだと思っていたため、まったく状況が読めない。

そんな白蓮にいらだったように梨雪《りせつ》は目つきを一層険しくさせた。

「あなたみたいなのを、女狐《めぎつね》っていうんですわ！」

叫ぶだけ叫ぶとぱっと身を翻《ひるがえ》し、憤然《ふんぜん》と去っていく。

「……女狐」

一体なんだと唖然《あぜん》とする白蓮の耳に、いれ替《か》わるように近づいてくる、今度は複数の気配が届く。

「貴妃さま！」とこちらを認めるやいなや、侍女たちがわっととり囲んでくる。

「あぁ、なんとお労《いたわ》しい」

「お聞きしました。陛下の御身《おんみ》を守るために、身を挺《てい》してご実家を告発されたのだと」

「ご安心ください、私たちはお側《そば》におりますから」

いっせいに捲《まく》したてられ、梨雪のこともあいまって目を白黒させるしかない白蓮に、わかっている、と頷《うなず》きかけてくる。

「いくら陛下のためとはいえ、さぞかしお辛《つら》かったことでしょう。貴妃さまを批難するような不逞《ふてい》の輩《やから》は、私たちが追い払ってみせます！」

ついていけないこちらを置いて決然と断言すると、侍女たちは目を見交《みか》わし、「失礼いたします」と廊《ろう》を戻っていく。

「……なんなの」

その姿を茫然《ぼうぜん》と見送って、次から次へと現われては意味不明なことを告げて去っていく者たちに、白蓮は額を押さえた。

「だれか、説明してほしいんだけど」

一方的な物言いから推察するに、呪詛の件でなにか動きがあった……のだろう。

とりあえず、だれか摑《つか》まえて話を聞こう、と薄荷の駆除《くじょ》は諦《あきら》めて軒下《のきした》へ戻ろうとしたところで、くくっ、と低い笑いがおち、白蓮はぴたりと足を止めた。

まさか、と振り返れば、庭の木陰《こかげ》からのぞく人影がある。

「女狐、とはな」

「陛っ――」

いつからそこにいたのか、梨雪の叫びに肩《かた》を震《ふる》わせる影に、あげかけた声を呑《の》みこむ。さっと周囲に視線を走らせ、だれもいないことをたしかめると、白蓮は木陰の方へと足を急がせた。

そこにあった珀狼《はくろう》の姿に、目つきを鋭《するど》くさせる。

「見ていたのなら説明してください。一体全体これはどういうことです？」

わけのわからないいらだちに声を荒《あら》げそうになるのを精一杯抑《せいいっぱいおさ》え、おそらくは一連の出来事の元凶《げんきょう》に問う。

「一体も全体もことの顚末《てんまつ》を周知しただけだ」

「ことの顚末、ですか」

笑いをおさめてなお、楽しげな色の残る双眸《そうぼう》に嫌《いや》な予感を覚える。

「ああ――『父親の不穏な動きを察知した柳貴妃が、呪詛を仕掛《しか》けたふりをして、自ら罪を被《かぶ》ることで父親を連座によって捕《と》らえさせ、身を挺して皇帝《こうてい》を守った』とな」

「な…っ」

「おまえは今や、呪殺を企《くわだ》てた犯人、ではなく、今回の事件における功労者、というわけだ」

なにも間違《まちが》ってないだろう、と珀狼が片笑《かたえ》む。

いつのまにかそんなものへと仕立てあげられていたことに、開いた口が塞《ふさ》がらない。

「――そ、んなことで、皆《みな》が納得《なっとく》するわけが……」

「呪詛はそうと見せかけられただけのもの。呪詛自体が存在しない以上、犯人もいるはずがない。違うか？」

「……無茶苦茶だわ」

実際、あれは呪物擬《じゅぶつもど》きだったが、仕掛けた事実に変わりはない。疑いがある、というだけで罰せられることがあるこの国においては十分罪になるはずだ。

「俺はな」

想定外の事態に密《ひそ》かに狼狽《ろうばい》していた白蓮は、ふいにこちらを射貫《いぬ》いた真剣《しんけん》なまなざしに息を呑んだ。

「能力もない者が家の名だけで大きな顔をするような今の朝廷の体制を作り変える。今回の件は、またとない機会だ」

彼の言うとおり、宮廷《きゅうてい》の膿《うみ》をだしきり、改革へと舵《かじ》をきるには、今が絶好の機会だろう。

同時に、と続けた珀狼の双眸が細められた。

「占《うらな》いだの祈禱《きとう》だの、宮廷にはびこる因習を排除《はいじょ》する。むろん、方士もだ」

「！　それは……」

それこそ無茶だ、と白蓮は目を瞠《みは》った。

呪《のろ》いについてもそうだが、人々の意識に、生活に根付いた風習をなくすのは容易なことではない。混乱と反発は必至だ。

わかっている、とばかりに珀狼が顎《あご》をひいた。

「一筋縄《ひとすじなわ》ではいかないのは百も承知だ。儀《ぎ》とは切っても切れないものもある以上、撤廃《てっぱい》とはいかないだろう。だが、はじめなければはじまらない。――だからこそ、おまえが必要なんだ、白蓮」

「わ、たし……？」

ふいに名を呼ばれ、どきりとする。

こちらの視線をからめとるようなまなざしに、頰《ほお》へと伸《の》びた手に、身動きがとれなくなる。鼓動《こどう》だけが、高まっていく。

「おまえは妹と添《そ》わせようとしてたみたいだが、俺に必要なのは見目のいい人形でも、美しくさえずる小鳥でもない。新しい風を吹《ふ》かすことのできる、おまえだ」

「……っ」

瞬《まばた》きもできないまま、白蓮は唇《くちびる》を戦慄《わなな》かせた。

「――して、だったら、あの薔薇《ばら》は」

意味深な詩まで添えた、木蘭に贈《おく》ったあの薔薇はなんだったというのか。

「薔薇？」

呟《つぶや》きを拾った珀狼は一瞬《いっしゅん》怪訝《けげん》な顔をしたが、すぐ合点がいったらしい。

「ああ、おまえの妹にと贈った薔薇か。あれは様子見を兼《か》ねた、褒美《ほうび》だ。優《すぐ》れた芸に対するな」

「様子見？」

「『柳白蓮』がどうでるのか、反応をうかがうため、だな。だが、おまえは一切《いっさい》興味を示さなかった。それで逆に興味が湧《わ》いた。会ってみればみただけ――この淀《よど》んだ世界《宮廷》で、おまえの周囲にだけ風が吹いてるようだった」

その風をこの国に吹かせたい。

そう、まなざしから注がれた熱情に、ぞくり、と背中を駆《か》け抜《ぬ》けたものがあった。

嬉《うれ》しくない、はずがない。

初恋《はつこい》の相手から――そして、二度目に心乱した相手から、こんな風に求められて、胸が震えないわけがない。だが……

「……だったら、木蘭《あの子》はどうなるの。あの子だって…っ」

四阿《あずまや》で会っていたのが皇帝ではなかったとしても、彼女が珀狼に惹《ひ》かれていた事実は変わらない。無体を強《し》いてきた姉が、被害者《ひがいしゃ》をさしおいてその想《おも》い人と結ばれるなど、木蘭が報《むく》われないではないか。

そんな恋物語は、いらない。

無理矢理顔を背《そむ》けた白蓮に、珀狼が短く嘆息《たんそく》した。

「そもそもだ、おまえはあの娘《むすめ》が俺を好いていると聞いたことがあるのか？」

「そんなことっ、わたしにむかって言えるはずがないじゃない。だけど、即位《そくい》された陛下の名を知って、あの時の御方《おかた》だと……」

「たしかに、礼を言われたらしいな、三年前に助けてもらった、と。だが、それだけだ」

「それだけ？」

どういうことだ、と戸惑《とまど》いがちに視線を戻《もど》せば、おもしろがるような笑みが返った。

「あの娘が語ったのは、おまえのことばかりだったそうだ。どんな姉で、自分がいかに助けられてきたのか、となり」

「まさか！」

「なぜ、あの娘があそこで舞《まい》の習練をしてたと思う？」

反射的に声をあげた白蓮は、返された問いに眉《まゆ》をよせた。

「宴《うたげ》の際、陛下にお褒《ほ》めいただいたからでしょう」

「それくらいしかおまえの役にたてることがないから、だそうだ」

「──わたしの、ため？」

予想外の答えに、今度こそ啞《あ》然《ぜん》と立ちつくす。

「あの娘は、俺を好いてなどいない。気にかけてるのはおまえのことだけだ。仮に想っているとしたら、それは俺じゃない。呂清だ」

そうだろう？

ふいに視線をはずした珀狼が、声を投げる。

え？　と訝《いぶか》る間もなく、かさり、と聞こえた地面を踏《ふ》む音に、白蓮はぱっと身体《からだ》ごと振《ふ》り返った。

「！　木、蘭」

そこにあった妹の姿に、とっさに珀狼を背中に隠《かく》すように動きかけ、木蘭の固い面《おも》持ちに今さらだと悟《さと》る。

「いつから……」

「『だったら、あの子はどうなるの』あたりからだな」

零《こぼ》れた言葉に背後から答えが返り、白蓮は肩《かた》越《ご》しに睨《にら》みつけていた。

彼は気づいていて今の会話を聞かせたのだ。

どう誤魔化《ごまか》したら、と内心ひどく狼狽《うろた》えていると、

「お姉さま」

静かな呼びかけが耳に届く。

揺《ゆ》らぎそうになる肩《かた》をなんとかこらえ、木蘭へとむき直る。今さらのように平静さをとりつくろいつつも、緊張《きんちょう》に手足が冷たくなっていくのがわかった。

「――なにかしら」

「私のことをそんな風に気にかけてくれていたなんて、知りませんでした」

「別に、気にかけてなど」

今まで散々な態度だったのだ。今さらそんなことを知っても迷惑《めいわく》なだけだろう、と顔をそらす。

「たしかに、三年前に助けてくださった方だと知って、陛下のことが気になってはいました。けれど、それは、その、純然たる興味というか……勝手に親近感を覚えていただけで」

「親近感？」

「今まで雲の上の存在だった皇帝という御方が、お会いしたことがある方だとわかって、なんだか嬉しくなったというか……ともかく！」

怪訝《けげん》な顔つきになった白蓮に、早口でもごもごと言っていたかと思うと、木蘭は急に声を張りあげた。

「好きとかそういう気持ちはありません。なにより、陛下の隣《となり》にあるべきなのは『花の君子』の異名にふさわしいお姉さまをおいてほかにおられません！」

『花の君子』とは蓮《はす》の花の異名で、泥《どろ》の中にあっても染まることなく美しい花を咲《さ》かせる様を、君子と称《しょう》している。

木蘭は白蓮を、その異名に足る人物だと言ってくれているのだ。

「木蘭……」

「だから、私に遠慮《えんりょ》など必要ないんです」

私だって、これからは遠慮なんてしませんからっ――と捨て科白《ぜりふ》のように言い置くと、木蘭は薄紅色《うすべにいろ》に染まった顔を隠すように踵《きびす》を返した。

パタパタと走り去っていく後ろ姿を、半ば呆気《あっけ》にとられて見送る。

「そ、んな……」

だったら、今まで自分がしてきたことはなんだったのか。完全に空回り――いや、ただの押しつけだ。

白蓮が思わずうなだれたところで、肩にかかった手にくるりと身体のむきを変えられた。

目を白黒させている間に、頬を包んだ手に上をむかされる。

「それで？」

吐息《といき》がかかる距離《きょり》でのぞきこまれ、呼吸が止まる。

一気に現実が戻ってくる。

たしかに木蘭のことは自分の早とちり、勘違《かんちが》いだったのかもしれない。だからといって、頷《うなず》けるかと言われたら――白蓮はゆるゆると頭《かぶり》を振った。

片眉をあげた珀狼から目をそらしたくなるのをぐっとこらえ、まっすぐに見つめ返す。

「それでも、わたしは……『柳白蓮』はここにいるべきではないわ。陛下がこの国を作り変えようとするのなら、なおさら旧朝廷《ちょうてい》の遺恨《いこん》を残しておくわけにはいかない」

「……」

胸の痛みを抑《おさ》えつけ、なんとか告げた白蓮を、珀狼が無言で見つめる。

沈黙《ちんもく》に痺《しび》れを切らし、近すぎる彼の身体を押し返そうとした時、ぐいっと強い力でひきよせられた。

「ちょっ」

「なら――ただの白蓮として、俺の隣にあればいい」

「……ただの、白蓮として？」

「ああ、俺が求めてるのは柳家の娘じゃない。ここにいるおまえだ」

「っ……だけど」

柳家の娘でなくていいのだと、はじめて告げられたそれに心が震《ふる》える。しかし、これからもつきまとうだろう柳家の名は、珀狼の枷《かせ》になるはずだ。

湧《わ》きあがる葛藤《かっとう》に躊躇《ためら》いを見せる白蓮に、珀狼がいたずらめいた笑《え》みを閃《ひらめ》かせた。

「それともなんだ、おまえは俺を自分を救った功労者を処罰《しょばつ》するようなヤツにするつもりか？」

世間の噂《うわさ》通り、と自虐的《じぎゃくてき》に告げた彼にきょとんとする。

気難しい――そういえばそんな評判だった、と思いだし、つい笑いが零れた白蓮は、それを隠すように彼の胸へ額をあてた。

「――ただの白蓮で、いいの？」

「ああ、ついでに堅苦《かたくる》しい話し方も止《や》めればいい」

それが素《す》だろう、と指摘《してき》され、そこまでばれているのか、と舌を巻く。

同時に、すっと肩から力が抜《ぬ》けた。背負わされていた重い荷物をおろしたような解放感に、自然と笑みがこみあげてくる。

「――わかったわ」

一言応《こた》え、白蓮は顔をあげると、とんっ、と珀狼の胸を押した。

ふいを衝《つ》かれ、離《はな》れた手から逃《のが》れるようにくるりと背を返す。

「だったら、わたしに新しい世界を見せて」

でなかったら、と肩越しに振り返る。

「こんな窮屈《きゅうくつ》なところ、いつだって飛びだしてやるわ！」

高らかに宣言した白蓮に、呆気にとられた珀狼が次の時、はっ、と破顔した。

「ああ、約束しよう」

誓《ちか》いの代わりに、偽《いつわ》りのない笑みを交《か》わしあう。

彼らの行く先を示すように、二人の頭上に広がる空はどこまでも青く澄《す》み渡《わた》っていた。

あとがき

はじめましての方も、おひさしぶりですの方も、こんにちは。三年ぶりのビーンズ文庫ということで忘れられていそうで心配な、岐川新《きがわあらた》です。

(この先、若干のネタバレがありますので、本編未読の方はご注意ください)

今回は中華《ちゅうか》後宮物……なのですが、そこに錬金術《れんきんじゅつ》の要素を加えるという、なんとも無謀《むぼう》な挑戦《ちょうせん》をしたせいで色々と苦労しました。皆《みな》さんが『錬金術』という言葉から思い浮《う》かべるであろうファンタジーな要素よりも、リアルに寄った形にした分、なおさら。

本編の中で扱《あつか》った実験は、基本的にやろうと思えばできるものです。が、人体に悪影響《えいきょう》を及《およ》ぼしたり、酒税法など法律にひっかかったりするものがありますので――そんな方はいないと思いますが――やろうとしないでくださいね。

あ、お茶については大丈夫《だいじょうぶ》です。生の葉でやった方がやりやすいと思いますが、出回る時季が限られているので、青がピンクに変化するお茶など、市販《しはん》されているもので試される方が手軽で楽しいかもしれません。原理は同じですので。

そういった錬金術の要素のほかにも、ない知恵《ちえ》を絞《しぼ》って仕《し》掛《か》けを施《ほどこ》しているので、そのあたりも楽しんでいただけたら、と思います。

今回のイラストは、尾羊英《おひつじえい》様に担当していただきました。素敵《すてき》なイラストをありがとうございます！

クールビューティーなヒロインと、ヒーローの一筋縄《ひとすじなわ》ではいかない雰囲気《ふんいき》が、イメージにぴったりです。表紙も艶《あで》やかで本になるのが楽しみです。

また、担当様には今回も色々と苦労をおかけしました。あれやこれやありましたが、無事形になってほっとしました。ありがとうございました。

最後に、この作品を読んでくださった方々に目一杯《めいっぱい》の感謝を。ひさしぶりの中華作品となりましたが、いかがでしたでしょうか。こんな時ですが、すこしでも憂《う》き世《よ》を忘れて楽しんでいただけたら嬉《うれ》しいです。

それでは、願わくは、また皆さまとこうしてお会いできる機会がありますように――。

岐川新

BEANS BUNKO

「後宮の錬金術妃 悪の華は黄金の恋を夢見る」の感想をお寄せください。
おたよりのあて先
〒102-8177 東京都千代田区富士見2-13-3
株式会社KADOKAWA 角川ビーンズ文庫編集部気付
「岐川 新」先生・「尾羊 英」先生
また、編集部へのご意見ご希望は、同じ住所で「ビーンズ文庫編集部」
までお寄せください。

後宮《こうきゅう》の錬金《れんきん》術《じゅつ》妃《ひ》

悪《あく》の華《はな》は黄金《おうごん》の恋《こい》を夢見《ゆめみ》る

岐川《きがわ》 新《あらた》

角川ビーンズ文庫 22813

令和3年9月1日 初版発行
令和5年7月25日 再版発行

発行者——山下直久
発 行——株式会社KADOKAWA
〒102-8177 東京都千代田区富士見2-13-3
電話 0570-002-301（ナビダイヤル）
印刷所——株式会社KADOKAWA
製本所——株式会社KADOKAWA
装幀者——micro fish

●お問い合わせ
https://www.kadokawa.co.jp/（「お問い合わせ」へお進みください）
※内容によっては、お答えできない場合があります。
※サポートは日本国内のみとさせていただきます。
※Japanese text only

ISBN978-4-04-111767-5 C0193 定価はカバーに表示してあります。 ◆◇◇

角川ビーンズ小説大賞
原稿募集中!
君の"物語"がここから始まる!
角川ビーンズ小説大賞がパワーアップ!
https://beans.kadokawa.co.jp
詳細は公式サイトでチェック!!!
【一般部門】&【WEBテーマ部門】
賞金 大賞100万円 優秀賞30万円 他副賞
締切 3月31日
発表 9月発表(予定)
イラスト/紫　真依